# 火凤凰

巴金

火凤凰新批评文丛

陈思和◎主编

# 无法命名的个人

杨庆祥／著

山西出版传媒集团
北岳文艺出版社
BEIYUE LITERATURE & ART PUBLISHING HOUSE

**图书在版编目（CIP）数据**

无法命名的个人 / 杨庆祥著. — 太原：北岳文艺出版社，2017.1（2023.6 重印）
（火凤凰新批评文丛 / 陈思和主编）
ISBN 978-7-5378-5083-4

Ⅰ. ①无… Ⅱ. ①杨… Ⅲ. ①中国文学 – 当代文学 – 文学研究 Ⅳ. ① I206.7

中国版本图书馆 CIP 数据核字（2017）第 007142 号

书名：无法命名的个人

著　　者：杨庆祥
责任编辑：刘文飞

书籍设计：张永文
印装监制：巩　璠

出版发行：山西出版传媒集团・北岳文艺出版社
地址：山西省太原市并州南路 57 号　邮编：030012
电话：0351-5628696（发行部）　0351-5628688（总编室）
传真：0351-5628680
网址：http://www.bywy.com
经销商：新华书店
印刷装订：山西万佳印业有限公司

开本：700mm × 1000mm　1/16
字数：198 千字　印张：13.25
版次：2017 年 1 月第 1 版
印次：2023 年 6 月山西第 2 次印刷
书号：ISBN 978-7-5378-5083-4
定价：43.00 元

# 为第二套《火凤凰新批评文丛》而作



去年，北岳文艺出版社社长、总编辑续小强先生来上海找我，希望我为出版社策划两套书，一套是贾植芳先生全集，另一套就是青年批评家文丛。对于前一套书我颇感兴奋，贾先生去世已经五年，再过两年就是他老人家的百年诞辰，北岳文艺出版社作为先生的家乡出版社，能够做此善举，是我极为高兴的事情。后一套书却让我多少有些感慨。小强先生希望我用“火凤凰新批评文丛”的名义来编这套书。“火凤凰”是我当年策划一系列人文批评丛书的品牌，但时过境迁，当初推出第一套“新批评文丛”已经是二十年以前的事情了。小强先生是“80后”的青年，他居然还能想到二十年前曾经在出版界发生过影响的一套丛书，希望能够接着这个出版道路走下去，激励今天的青年文学批评家。我觉得我没有理由谢绝他的这番好意。于是就有了这一套青年批评家的丛书。

我为此又特意翻阅了1994年出版的第一套“火凤凰新批评文丛”。前面除了有巴金先生的题词和任意先生设计的徽标以外，还有一篇徐俊西先生写的序言。序言里有这么一段话：据云，他们编辑《火凤凰新批评文丛》宗旨有二：一曰“在滔滔的商海之上”，建立一片文学批评的“绿洲”；一曰“文坛空气普遍沉闷的状况下”，弘扬当代知识分子的“人文精神”。徐俊西先生是我的老师，他这里所指的“他们”，就是我和王晓明两个策划者，这里所说的“宗旨”，肯定也是我们当时讨论的话题。但我现在一点儿也想不起来在哪篇文章里写过这样的话。我原先记忆里似乎为这套文丛写过一个卷头语，但现在翻阅一遍也没有找到，也许是我曾经写了，后来没有用上，只是给徐老师写序时做了参考。所以，徐老师文章里打了引号的那些意思，可以定论为我们当时筹办火凤凰学术著作出版基金、策划多种出版物的基本宗旨。

现在已经二十年过去了，我们整个文化工作在经济上是阔气多了，高校系统拨了大量的经费资助学术著作出版，各种文化基金、出版基金也都接受学术著作的出版补贴。所以现在高校里的青年教师要出一本书并不困难，但真正的困难还是存在的，我觉得最大的问题是，当前一本文艺批评的著作能否产生它应有的社会影响和学术影响。这个问题直接影响到青年批评家的专业思想以及价值观。

1980年代，文艺批评是显学，尤其是1985年以后，文艺批评承担了很重要的社会功能。当时整个文学艺术正处于一个逐渐摆脱政治体制制约，开始自觉、自主、自在的审美阶段。所谓自觉是指文学艺术审美价值的内在自觉，自主是指创作主体独立的精神追求，自在是指文学艺术作品在文化市场上接受检验、寻求合理生存的社会效应。这是中国当代文学艺术创作的重要转变，对后来的文学艺术发展产生了深远的影响。那时人们在主观上还没有充分意识到这一点，而转变中的文艺创作需要理论支撑才能显现出它的合法性。1985年的方法论热潮正是适应这样的文化形势的需要而蓬勃开展起来，一批年轻人懂外语，面向世界，如饥似渴地学习、引进西方各种理论思潮，消解原来一元化的"文艺为政治服务"的戒律，与文艺创作互相呼应，对实验性、探索性、先锋性的文艺创作给以及时的解读。记得我当时在《上海文学》杂志上发表过一篇《谈现代主义思潮在中国演变》的文章，从"五四"前后谈到当下西方现代主义与中国文化传统相融汇的可能性。那时我读书并不多，论述也有点勉强，学术性是谈不上的，但是在一批作家中间引起过强烈反响。有一个朋友说，那不是你的文章写得好，而是他们（指作家们）需要你这样的说法。我以为这个朋友说得对，文学批评理论就是要在时代、文化发生转变的时候，及时发现问题和提出问题，通过解读某些创作现象来阐释事物发展的规律。这样的批评才会引起社会的关注，1980年代刘再复先生的一本《性格组合论》可以成为畅销书，在今天真是不可想象的。

这样一种文艺创作发展的需要，使文学批评的主体力量从作家协会系统逐渐转移到高校学院，一批研究现当代文学、文艺理论的大学教师逐渐取代了原来作协的文艺官员、核心报刊的主编。本来文艺批评应该有更大气象产生，但新的问题也随之而来，随着1990年代初的政治空气和经济大潮的冲击，学院里从事批评的青年教师们遭遇到双重压力。当时真正的压力还不在主观上，因为学院批评与政治权力保持相对距离，在主观探索方面仍然有一定的空间，但是客观上却遭遇了市场的挑战。出版业的萧条和倒退，迫使原先构建的批评家工作平台纷纷倒闭或者转向，出版人仿佛在惊涛骇浪里行舟，都有随时翻船的恐惧。不赚钱的学术著作，尤其是文艺批评论文集，自然无法找到出版的地方。学术研究成果既然不能转换为社会财富，必然会影响主体热情的高扬和自觉，导致对专业价值的怀疑。那时候高校考评体制还是传统学术型体制，青年教师如果不能顺利出版著述，其职称评定、福利待遇以及社会评价都受到影响。我在1993年策划《火凤凰新批评文丛》就是建立在这样的客观形势之上，所谓逆风行驶。我当时就想试试，到底是读者真的不欢迎文艺批评，还是出版社被市场经济大潮吓慌了手脚而不肯作为？我与一些受到人文精神鼓舞的出版社同道们一起分担了这个实验，实践下来的结果是好的，书虽然有了一些经费补贴，出版社不至于亏损，但是销售和宣传的结果，反而有所盈利，《文丛》最后几本的出版已经不需要资助了。我比较看重的是这套丛书里几位青年批评家的著作，如郜元宝、张新颖、王彬彬、罗岗、薛毅等几位青年才俊的论文集，如果说，这套丛书多少为作为全国批评重镇的上海批评队伍建设做过一点儿贡献，也就是不失时机地稳定了这批青年评论家的专业自信。后来几年里我又策划了《逼近世纪末批评文丛》（山东友谊出版社），继续做了这样的工作。



现在回过头来看，这套丛书的意义还是超出了我当时的期望，不仅仅是对几位青年朋友产生影响，也不仅仅是对上海地区的文学批评产生影响。续小强先生在二十年之后还想借重这个出版品牌来推动青年批评家著作的出版，就是证明之一。不过如我前面所说，现在青年批评家面临的问题，与当年的问题并不相同，批评的处境也不同。现在，关于要加强文艺批评的主流声音一直不断，大媒体报刊也相应地设立批评专页的版面，稿费据说不菲，在高校、出版系统申请出版批评文集的经费也不特别困难。那么，今天的困难在哪里？我个人以为，恰恰是前面提到的编辑“火凤凰”的两个宗旨中的一个：批评家作为知识分子独立主体的缺失，看不到文艺创作与生活真实之间的深刻关系，一方面是局限于学院派知识结构的偏狭，一方面是学院熏陶的知识者的傲慢，学院批评无法突破知识与立场的局限而深入到真实生活深处，去把握生活变化的内在规律，而是把时间精力都耗费在轰轰烈烈的开大会、发文章、搞活动、做项目等等，尽是表面的锦团花簇而缺乏深入透彻地思考生活和理解生活。其实，批评家最重要的是需要有宽容温厚的心胸、敏感细腻的感觉，以及坚定不妥协的人文立场，才能发现尚处于萌芽状态的新生艺术力量，与他们患难与共地去推动发展文学艺术。在我看来，今天我们面临文化生活、审美观念、文学趋势之急剧变化，一点也不亚于1980年代中期的那场革命性的转型。但是，现在文艺探索与理论批评却是分裂的，探索不知为何探索，批评也不知为何批评，以其昏昏使人昭昭，文艺批评怎么能够产生真正的力量呢？所以我今天赞同续小强先生继续编辑出版《火凤凰新批评文丛》，但所希望的，不在多出几本批评文集，更不在乎多评几个职称，而是要培养一批敏感于生活、激荡于文字、充满活力而少混迹名利场的新锐批评家。

这是我的愿望。写出来与青年批评家们共勉。

陈思和

2014年3月3日于鱼焦了斋

# 代序



庆祥2004年北上来中国人民大学文学院读书，拿到硕士和博士学位后留校任教。他先后获得本专业最高学术奖“唐·青年文学研究奖”和《人民文学》年度青年批评家奖、《十月》青年作家奖，成为中国现代文学馆第一批“客座研究员”，出版了数部学术和批评著作，担任最年轻的“茅盾文学奖”评委。2015年推出的《“80后”，怎么办？》一书，在青年人中引起很大的反响。他还在人民大学组织了一个面向全国青年作家和批评家的“联合文学课堂”，被视为“80后”批评家中的核心人物。一个年轻文学从业者所梦寐以求的人生目标，他在留校后的短短六年就实现了。

读研究生期间，庆祥专心于中国当代文学史研究，写出了一批视野开阔、水平很高的长篇学术论文，如《如何理解“80年代”》《路遥的自我意识和写作姿态——兼及1985年前后“文学场”的历史分析》《八十年代：“历史化”视野中的文学史问题》《在“大历史”中建构“文学史”》《审美原则、叙事体式和文学史的“权力”——再谈“重写文学史”》《新星与“体制内”改革叙事——兼及对“改革文学”的反思》等等。《路遥的自我意识和写作姿态》是他的成名作，也是被青年同行引用较多的文章，我倒觉得《审美原则、叙事体式和文学史的“权力”》这篇文章创新点更多，有不少没有因时间流逝而变为过去的观点。庆祥这批论文，已经显示出他长于建筑论析框架、文思细密周到和分析透彻的特点，而且一些观点并不展开，有意留出一点点余地。在读书期间，不少人注意到他心智早熟，人情练达，对人世、对文章都有自己的拿捏及分寸，但内心却是正直和有骨气的特点。这种秉性，自觉和不自觉地潜入到当时的研究工作之中，也在后来担任大学教职和各种社会关系中发生着作用。

近年来，基于要做“同代作家的批评家”的愿望，他把更多精力转向了现场批评。不仅出席各种作品研讨会，还组织对青年作家的作品展开讨论，尤其注意去挖掘提携还未真正成名的年轻写作者。后一种工作，自然费力不小，除组织活动，还要亲自动手写评介文章，并做一定的宣传。收入本书的批评文章，我有些没有读过，但由此看出庆祥对青年作家倾注的热忱，以及对他们未来创作抱有的希望。我想就读过的《死去了的小资时代》《历史重建和历史叙事的困境——基于〈天香〉〈古炉〉〈四书〉》的观察》《在天空中凝结成一个全体——〈凤凰〉的风景发现和历史辩证法》等文章略为谈点看法。第一篇是以作品带问题的方式，对李陀的观点提出了不同的看法。认为大家都倾向于把《波动》看作那个年代的“先驱者作品”，但通过对小说细读，庆祥发现潜藏在文本深处的“小资情调”却被忽略掉了，而这种情调，恰恰又是与“五四”文学革命、19世纪人道主义思潮等等混合在一起而成为更重要的思想资源。因此，不能忽视这种资源对“新时期文学”的启发带动的价值，尤其不能忽视对政治重评维度之外的历史丰富性的认识。《历史重建》一文批评了几位重要作家创作上存在的问题。《凤凰》则借细腻、深入的诗歌阅读，讨论了作者如何将诗歌变成一种有效的历史分析的还原过程。在他看来，“工地”显然被作者扩充伸展成了一个极有价值的“历史隐喻”。这些批评文章，还遗留着文学史训练的痕迹，但更愿意带着所批评的作家身上的体温，和一种与上一代作家批评家有所不同的当代感来建构问题，展开思考。

文学在历史流变中的症候和可能不一而足，但有心的读者，读过庆祥的这本评论集，一定会心有所感而思有所悟。

程光炜

2015年12月16日

# 目录


## 辑一 / 001

死去了的小资时代
——读《〈波动〉序》兼与李陀商榷 / 003
历史重建及历史叙事的困境
——基于《天香》《古炉》《四书》的观察 / 011
“在天空中凝结成一个全体”
——《凤凰》的风景发现和历史辩证法 / 026
无法命名的“个人”
——由《隐身衣》兼及“小资产阶级”问题 / 042
从小资产阶级梦中惊醒
——张悦然《家》中的历史意识和主体想象 / 056
分裂的想象和建构的可能
——当下中国的文化主体和文化症候 / 070

## 辑二 / 077

二十年中国史与徐冰的“凤凰” / 079
男人们，请不要再打扰女人
——细读蒋一谈的《栖》 / 085

出梁庄，见中国
——读《出梁庄记》 / 096
从成长中解放
——《80后短篇小说选》序 / 104
日常书写的直接性
——关于马小淘考 / 109
抵抗的“假面”
——关于“韩寒”的一些思考 / 115
小说即“往生”
——读蔡东 / 125
新世纪诗歌写作的几个问题 / 133
在自然和肉身之间
——关于李少君的诗歌 / 139
回到现场的精神角力 / 148

**辑三 / 153**

杨庆祥：80后是失败的一代吗？
——答《南方都市报》 / 155
“中国当下是最有可能出伟大作品的时代” / 165
文学生态与“深圳书写”
——杨庆祥香港专访 / 181

**后记 / 194**

# 辑一

# 死去了的小资时代[1]
## ——读《〈波动〉序》兼与李陀商榷

“肖凌是个小资。”[2]

李陀在《波动》的序里给主人公肖凌做了一个非常明确的阶级定位。为了突出这一点，李陀在文中再三强调：“女主人公肖凌就是一个典型的小资，不过她是个‘文革’时代的小资，是当代小资的一位前辈。”李陀的这个判断其来有自，在李陀看来，肖凌作为当代小资的前辈，其身上有典型的小资气质，这一小资气质尤其表现在她的审美趣味上：《月光奏鸣曲》、洛尔迦的诗歌，雪白的连衣裙，还有红茶和葡萄酒。而在另外一个层面上，作为一个特殊时代的小资，肖凌又呈现出特别的向度，那就是“强烈的不安全感”和“坚韧又十分简单幼稚的虚无主义”。



我同意李陀的上述观点，并以为他抓住了一个非常重大的理论问题，也就是小资产阶级在中国的历史性和当下性问题。实际上，在李陀的整篇文章中，他一直试图从这两个角度——历史性和当下性——对中国小资阶级的起源、发展和当下迁延进行全面的分析。李陀显然意识到中国的小资产阶级已经发生了重要的变化，这种变化在一定程度上突破了经典理论框架，并将改变我们的文化构成，也就是说，小

[1] 李陀：《〈波动〉序》，牛津大学出版社2012年版。该序又以《“新小资”与文化领导权的转移》之名发表于《天下》2012年第3期。

[2] 同上。

资产阶级已经从藏匿之所现身并凸显于我们面前——小资产阶级构成了一个问题。

## 一

让我们继续抓住肖凌这个典型小资不放，或许可以展开不同向度的讨论。首先要追问的是，除了肖凌之外，《波动》中还有没有别的小资？如果按照上述李陀的标准，我觉得至少另外两个女性也可以放到小资的行列里：林媛媛和发发。这两个女性在小说中占了不少篇幅，尤其是林媛媛，她最后离家出走的情节构成了小说一个小小的高潮。这两位女性身上的小资趣味甚至比肖凌还要重，发发的出场伴随的是几个非常小资的动作：吐出一个又浓又大的烟圈，扭着屁股，同时还关心地打听北京的流行服饰（裙子的长短问题）。而林媛媛则与发发形成鲜明的对比：天真、不谙世故，是一个还生活在父亲保护下的女学生模样。如果我们将这三个女性并列来看，会发现一个有意思的现象，在某种程度上，这三个女性构成了《波动》对于小资女性的三种不同的想象：林媛媛是还在成长中的小资女性，发发是一个在道德上显得非常暧昧，带有一点堕落色彩的小资女性——她让我不由得想起茅盾笔下的孙舞阳。而肖凌，从整个小说的叙述来看，是一个呈现出复杂"内面"的小资。在这个意义上，北岛选择肖凌为作品的主人公颇有深意，同时，李陀指认肖凌——而不是林媛媛和发发——为该时期小资的典型代表显然也值得琢磨。也就是说，同样具有小资气质，为什么肖凌具有优先权？除了李陀提出的"强烈的不安全感"和"坚韧又十分幼稚的虚无主义"之外，还有没有什么别的东西？

实际上，如果从"不安全感"来说，《波动》中的任何一个人似乎都生活在强烈的不安全感中，这种"不安"对应了"文革"这个特殊历史时期的心理氛围；如果从"虚无主义"这个角度来看，发发和白华的虚无主义似乎比肖凌更为彻底和绝望，至少在肖凌这里，她最后还是相信了爱情，尽管这场爱情是一个悲剧。在我看来，肖凌最为独特之处不在于这种虚无主义，而恰好是意识到了这种虚无主义之后的一种自觉抵抗。小说中有一段对话至关重要：

（肖凌）“请你告诉我”，她掠开垂发，一字一字地说，“在你的生活中，有什么是值得相信的呢？”

我想了想。“比如，祖国。”

“哼，陈词滥调。”

“不，这不是个用滥了的政治名词，而是咱们共同的苦难，共同的生活方式，共同的文化遗产，共同的向往……这一切构成不可分的命运，咱们对祖国是有责任的……”

“算了吧，我倒想看看你坐在宽敞的客厅是怎么谈论这个题目的。你有什么权力说‘咱们’？有什么权力？”她越说越激动，满脸涨得通红，泪水溢满了眼眶。“谢谢，这个祖国不是我的！我没有祖国。没有……”

（《波动》，第23页）



我以为这段对话的意义不仅仅是展示了肖凌的虚无主义思想以及她和杨讯之间的重要分歧，更重要的是作为一种“言说方式”和“行为方式”，暗示了肖凌的与众不同，也就是说，她是通过对一些重大问题（不仅仅是生活上的小情小绪）的思考和辩论来凸显其小资产阶级身份和意识的。肖凌与文中的另外两个小资林媛媛和发发的最大不同正在于此：肖凌经历了一种非常重要的小资产阶级自我意识觉醒的过程。而这一自我意识的觉醒，在林媛媛、发发甚至是杨讯的身上都没有发生，这是第一点。第二点是，通过文中类似的此类对话，我们可以看出来，肖凌的虚无主义是多维度的，她的虚无主义处于“相信——幻灭——希望”的历史链条中，也就是说，在肖凌的身上集中体现了中国“文革”后一代小资的成长史，这部成长史，与中国当代史密切相关。我们应该还记得在1950年代有“可不可以写小资产阶级”的批判运动，中国的当代想象很大程度上建基于对小资产阶级的改造、排斥、压抑，而“文革”的终结，使得这种小资产阶级的想象找到了一个可以重新浮出历史地表的契机。

小资产阶级的自我意识是如何觉醒的，这对于肖凌，对于我们分析整个中国当代小资产阶级的生成和书写都非常重要。因此，有必要梳理肖凌的个人历史，追问其意识发生的根源。正是在这一点上，我们发现了一个非常有意思的现象，如此重要的一个人物，其历史起源居然是含糊不清的。在整个小说的叙述中，对肖凌个人历史的叙述并不多，只有很有限的几处，通过这几处，我们大致了解到肖凌出身高知家庭，接受过良好的教育，母亲在“文革”中被逼自杀，她下乡后遇到另外一个知青谢黎明，并生了一个孩子。这些零碎的叙述大致勾画出一个受侮辱与受迫害的人物形象，但与其时流行的伤痕文学相比，很显然，这并不是一个泄愤的让人仅仅停留在同情的表层的人物；相反的是，肖凌在这些遭遇中升华出一种可贵的反思和质疑精神，她不仅试图保留和书写自我的历史（她的日记是最好的记录），同时也以其实际的行为与历史保持可贵的互动和辩诘。这是肖凌最典型的气质特征——她的虚无主义建立在清醒的历史理性主义和批判的基础之上，并隐约指向一种积极的个人主义。



我以为肖凌的小资产阶级意识的觉醒是某种结构性的产物。中国1970年代到1980年代的巨大社会变动激活了小资阶级的想象，小资产阶级在对既有的道德价值批判的基础上，产生了新的自我意识。在1980年代另外一部被广泛阅读的小说《新星》中，同样出现了这样一个肖凌式的人物——林虹，她的家庭出身、生活经历和言谈举止都与肖凌有高度的相似性。我曾经在《〈新星〉与体制内改革叙事》[1]一文中分析了林虹的形象，认为她代表了一种以个人为本位的人生观价值观，与以集体为本位的革命价值观形成一种鲜明的对抗。现在如果把肖凌和林虹放在一个历史序列来看，会发现这其实就是一种小资产阶级的价值观。正是这种小资产阶级的价值观，构成了1980年代改革想象的重要组成部分。特别需要提到的是，我认为在1980年代其实存在着一个重要的历史契机，就是通过对小资产阶级的想象和书写，中国当代文学可能会

[1] 杨庆祥：《〈新星〉与体制内改革叙事》，《南方文坛》2008年第5期。

产生出非常典型的资产阶级个人形象（如巴尔扎克笔下的那些人物形象一样），但非常遗憾的是，这种可能性似乎就终结在肖凌和林虹这里。

## 二

肖凌和林虹的终结与其说是一种小资产阶级想象的终结，还不如说是另外一种小资产阶级想象的开始。在文学领域，这一想象转变的最典型代表当属王安忆，在1990年代初的中篇小说《我爱比尔》中，主人公阿三就是一个小资，这个小资形象可以说是《波动》中林媛媛和发发的结合体，一方面显得文艺而单纯，另一方面又有道德失控后的欲望堕落。在上海的另外两位作家卫慧和安妮宝贝那里，小资完成了其想象形态的彻底转变，小资成为这样一种符号化的存在：文艺腔，出入于夜店、咖啡屋，有莫名其妙的收入供其消费，陶醉于暧昧的情欲和放纵之中。很有意思的是，这两位作家都与“宝贝”一词有关（前者的代表作为《上海宝贝》，后者的笔名中含有宝贝），这充分显示了1990年代关于小资想象矫情造作的一面。现在我们看到的是，如果按照小资的谱系进行历史梳理，会发现《波动》中的典型小资已经不见了，而《波动》中另外两个非典型小资——林媛媛和发发——则被充分放大、强化，成为1990年代以后典型的小资想象。



如果要将1990年代以后产生的小资与肖凌这一类小资进行区隔，在我看来，需要注意以下几点。第一，肖凌所代表的小资是有历史意识的小资。虽然肖凌的个人历史在《波动》中并不清晰，但是肖凌对于整个大的历史进程有一种高度的敏感和自觉。而在1990年代以后的小资那里，历史已经被“阉割”（最典型的隐喻是《上海宝贝》中的男主角天天，他被塑造成一个完全没有性能力和生活能力的人），无论是个人的历史还是家国的历史，都被身体的感觉和情绪所代替。在“有历史”的小资那里，白裙子、钢琴、诗歌都有其明确的历史所指，而在“脱历史”的小资那里，这些都已经成为消费的符号。正是在这个意义上，肖凌所代表的小资是一种政治化的小资，虽然这种政治化以一种排斥政治的面目出现；而1990年代以后的小资则是一种去政治化的小资，或者用李陀的话来说，是一种消费化的小资，历史、道德、身体等等这些都失去其具体含义，变成一团混沌的消费物被小资拿来消费。这是第二点。第三，在这种娱乐化、消费化的小资想象中，有主体自我的小资产阶级变成了无主体自我的小资产阶级。正如我在上文中指出的，在肖凌那里，虚无主义是一种反抗（不管这种反抗是否有姿态的东西在里面），肖凌正是通过这种剧烈的反抗建立了自我意识和历史意识。而在1990年代小资这里，这种反抗消失了，个人与历史、社会变成了一种含情脉脉的关系，小资由此变成了一个流行的文化符号，任何人都可以通过符号的消费把自我归置到这个“群体”中。在这个意义上，“小资”已经被自动化和程序化，也可以说已经瓦解了自己的阶级属性。



从《波动》《新星》中的小资到《我爱比尔》《上海宝贝》中的小资，这其中既有一定的延续，但更多的是让人触目惊心的断裂和变化。可以这么说，“文革”催生的小资和1990年代催生的小资处于完全不同的历史逻辑和历史想象中。在肖凌那里，小资的趣味和想象是保存自我的一种方式，并通过这种保存，与历史进行对话和互动。无论如何，在肖凌、林虹那一代小资身上，我们看到的是更多的道德克制和自我反省。而在1990年代的小资那里，小资的趣味和想象变成了自我逃避历史的手段，更多的是借助这种逃避来获得放纵和享受。也就是说，在肖凌那里，小资是一种别样的生活的可能，这种可能恰好是革命的源动力。而在1990年代的小资这里，无论是在文本还是在现实的层面，据我个人的观察，小资似乎是一种预定的生活，尤其对于“80后”“90后”的中国青年来说，这种生活似乎是必然如此的，它是一种成规和惯例。

正是在这个意义上，李陀非常敏锐地指出：“由于文化生产的上游和下游所有环节都在小资精英的控制之下，不管国家和资本情愿不情愿，愿意不愿意，在今天，文化领导权在很大程度上已经完全转移到新型小资产阶级的手中。”[1]这个判断在一定程度上可以说是成立的，但是李陀的这个判断可能还是稍微显得有些乐观了一些。一个关键问题是，小资产阶级在文化生产中究竟处于一种什么样的位置。回答这个问题需要详尽的分析研究，我没有办法做出非常确定的回答。作为一个小资情结很严重的“80后”个体，我个人的感觉是，在中国当下文化的生产和传播中，小资产阶级确实发挥了非常重要的参与作用，但是从最终来看，他依然只是一个参与者，是既定的文化秩序的一部分，他更多的是服从而不是改变既有的文化秩序，最终也无法改变文化的资本与意识形态属性。在这个意义上，也许我们要谨慎地发问，文化领导权掌握在小资产阶级手里是否是一种天真的“幻觉”？这让我想起刚刚热映的好莱坞大片《蝙蝠侠之黑暗崛起》，哥特市在贝恩的控制下进入了一种革命嘉年华状态，但是毫无疑问，这个嘉年华并非是为无产阶级或者小资产阶级所准备的，他是为“蝙蝠侠”——代表了资本以及“普世价值”的力量——所准备的。也就是说，哥特市的革命不过是一种假象，它印证的只是资本主义永远胜利的神话。“新小资”的文化领导权是否也会遭遇这样的悖论？



尤其需要提醒的是，1990年代以来的中国“新小资”，是在对肖凌这种代表了反抗和严肃思考的“旧小资”的拒绝的基础上生成的，他们具有前所未有的软弱性，以“搞笑”——而非肖凌式的反思和辩驳——作为其文化的主要参与方式，已经暗示了这种小资文化严重的平面和浅薄。因此，撇开文化领导权的归属与否，小资产阶级如果不从自我的迷梦中苏醒，真正激活自我的阶级属性，改变文化想象和文化参与的方式，就不可能开辟新历史和新文化。

最后再回到《波动》的结尾上，肖凌在泥石流的灾难中死里逃生：

醒来，一棵小草轻拂我的脸颊。在头顶的峭壁之间，迷雾浮动

[1] 李陀：《〈波动〉序》，牛津大学出版社2012年版。该序又以《“新小资”与文化领导权的转移》之名发表于《天下》2012年第3期。

着。不久，天放晴了，月亮升起来。

一位酷似我的姑娘，飘飘地向前走去，消失在金黄色的光流中……

（《波动》，第155页）

肖凌以“死去”的方式获得了“重生”。这个结尾对于我们当下同样具有寓意。肖凌所代表的小资时代已经死去了，但我们真正渴望的小资时代并没有如期来临。也许只有再经过一个死去了的小资时代，历史才会在反复中呈现新的转机。

2012年9月18日二稿于北京

2012年9月19日再改

2012年9月29日定稿

# 历史重建及历史叙事的困境
## ——基于《天香》《古炉》《四书》的观察



经过20世纪叙事学和新历史主义学派的理论阐释后，历史与小说之间的界限变得越来越模糊。即使小说家努力通过“形式”“修辞”等等相对“文学化”的方式来为小说的本体地位进行努力，几乎所有的小说家也不得不服膺于这样一种规则，即，任何伟大的小说都指向一种历史。这并不是说小说就是历史的附庸，而是说小说本身的宿命已经决定它必须与历史纠缠在一起。它从历史中起源，以历史为对象，最后创造历史并成为历史的一部分。也正是如此，我们发现一个很有意思的文学史现象，大凡对自己的写作有一定追求的作家，最后都会回到一种或朴素或芜杂的历史写作上来。这一现象在中国近年来的写作中得到了印证。在21世纪的第一个十年，中国第一线作家几乎都转向了一种广泛意义上的历史写作，莫言的《檀香刑》、张炜的《你在高原》、王安忆的《天香》、贾平凹的《古炉》、刘震云的《一句顶一万句》、阎连科的《四书》等等。这些长篇小说从不同的侧面切入中国的当代史、现代史和近代史，以文学的形式进行着一种“历史重建”的努力。我把这一长篇历史写作潮流看作是中国当代写作在1990年代以后的一种极有意义的实践，它一方面在历时性的角度回应着整个当代文学史中“文学”与“历史”的征候性关联，更在共时性的层面暗示了中国当下历史的断层和历史观的分化。对于这些出生于1950年代，在中国堪称经典的作家身上，集中体现了这种历史重建的困境和历史观的病象。我固执地以为，在当下这个历史时刻，讨论这些作家写作的美学（文学）面向已经没有太多生产性意义，这些面向在这些作家的前期写作中早已一一呈现并得到了广泛的关注。恰好是这些作家小说写作的历史面向——具体来说是这些作家的历史观——虽然也以不同的方式在其以往的写作中若隐若现，但却一直没有得到有效的清理。这十年来的长篇历史叙事提供了一个集中的机会，作家集中地呈现了其对历史的认知和想象，批评家和读者也可以由此集中地对他们的历史观念进行观察、理解和批判。

所以，本文的重点不是文本的细读和美学的鉴赏，而是将小说视作历史观念的表达而追溯其内里的结构，我将以王安忆的《天香》、贾平凹的《古炉》和阎连科的《四书》为主要讨论对象，并不惮于坚持我的偏见。



## 一　细节与历史的景观化

首先从《天香》谈起。正如批评家所观察到的，王安忆的《天香》是以“物”为中心的，这种由“物”及“人”，由文物制度而及社会历史的写作方式被认为是“物”的通观[1]，王安忆正是试图通过这种对“物”的描写来展示上海的“前史”。这里非常值得讨论的是，这些“历史文物”是如何进入到小说写作中的。王安忆曾经自述其文本的发生学：“基本是写到哪查到哪。写到哪一节，临时抱佛脚，赶紧去查……其中那些杂七杂八的所谓‘知识’，当然要查证一些，让里面的人可以说嘴，不至于太离谱，因生活经验限制，其实还是匮乏。”[2]古籍学者赵昌平也对此予以了印证：“因着古籍整理的训练，我粗粗留意了一下小说的资料来源，估计所涉旧籍不下三百之数。除作为一般修养的四部要籍外，尤可瞩目的是：由宋及明多种野史杂史，人怪科农各式笔记专著，文房针绣诸多专史

[1]　张新颖：《中国当代文学中沈从文传统的回响——〈活着〉〈秦腔〉〈天香〉和这个传统的不同部分的对话》，《南方文坛》2011年第6期。

[2]　王安忆、钟红明：《访问〈天香〉》，《上海文学》2011年第3期。

谱录，府县山寺种种地乘方志，至于诗话词话，书史画史，花木虫鱼，清言清供，则触处可见；而于正史，常人不会留意的专志，如地理、河渠，选举、职官，乃至食货、五行，都有涉猎。”[1]有批评家据此指出“（张大春认为）百科全书式小说的书写传统，是发现或创造知识的可能性，而不是去依循主流知识、正统知识、正确知识、真实知识甚或知识所为人规范的脑容量疆域，而是想象以及认识那疆域之外的洪荒。这一点，王安忆并没有多少体认，她只是很素朴地遇山开道，逢河搭桥，不会就补，不懂就问，错了就改。在她心里，小说家所需要的知识，就是主流知识、正统知识、正确知识、真实知识。”[2]在这位批评家看来，正是因为王安忆这种对待知识的态度，使得作者与“天香园”中的人、物的相知尚不够深。但他没有注意到的是，这种对待知识的考古学者的态度恰好是王安忆保守的历史态度的体现。这种保守的历史态度让王安忆不停地“向后看”，从《长恨歌》到《天香》，从殖民时代的上海到晚明时代的上海，并以为在“过去”存在着一个“静态的”“知识观念”式的历史场所——天香园就是这个历史场所的最精致的隐喻之一种——只需要某种小说家和学者的“精雕细琢”就可以还原“物”的真实面目。“求真”这种看似政治正确的历史叙事方式恰巧暴露了王安忆“所学愈实，所遇愈乖”的市民主义历史观。



张新颖教授敏锐地意识到了这种历史观念的局限性：“但一物之微，何以支撑一部长篇的体量？这就得看对物的选择，对物表、物性、物理的认识，对物的创造者和创造行为的理解和想象，对物自身的发展历史和物的历史所关联的社会、时代的气象的把握，尤有甚者，对一物之兴关乎天地造化的感知。”[3]王安忆是否就如张新

---

[1] 赵昌运：《天香·史感·诗境》，载《文汇报》“笔会”版，2011年5月3日。

[2] 张诚若：《小说家自己的命运——读王安忆〈天香〉》，《上海文化》2011年第4期。

[3] 张新颖：《中国当代文学中沈从文传统的回响——〈活着〉〈秦腔〉〈天香〉和这个传统的不同部分的对话》，《南方文坛》2011年第6期。

颖评价的那样做到了“一物之通，生机处处”[1]，我们暂且不管，至少王安忆在《天香》中确实努力把作为历史之“实”的“物”予以“虚化”。请看下面两处细节描写：

小绸取出一锭，举到与眼睛平齐，衬着纱灯的光，说：看见不？有一层蓝，叫孔雀蓝，知道怎么来的？用靛草捣汁子浸染灯芯，点火熏烟，墨就凝蓝烟而成。……再取一锭。这一锭泛朱色，是以紫草浸成的灯芯。第三锭，是岩灰色，钢亮钢亮，内有铁质，一旦落纸，千年不变。可是，这香从哪里来？柯海还是不解。小绸再絮絮地告诉：其间有珍料，麝香、冰片、真珠、犀角、鸡白、藤黄、胆矾是说得出来的，还有多少说不出名目，早已经失传的！



（《天香》，第21页）

接下来，闵女儿要辟丝了。那一根线，在旁人眼里，蛛丝一般，看都看不真切。在闵女儿眼里，却是几股合一股，拧成的绳，针尖一点，就离开了。平素娘教的是一辟二，可小心里还觉得不够细巧，再要辟一辟，辟成三或者四，织得成蝉衣。这双手，花瓣似的，擎着针，引上线，举在光里瞧一瞧，一丝亮，是花芯里的晨露。”

（《天香》，第62页）

这两处细节描写，一处写“墨”，一处写“丝”，有虚有实，确实有点“虚实相生”的味道。类似的这种细节描写在《天香》中比比皆是。如果仔细读来，我们会发现这“虚实”里面都透露着一种“假”——正如安吉拉·卡特所言：“正是这份精确格外让人不安，因为我们知道这是假的。”[2]这种“假”建立在“真”的基础之上，由此，王安忆在文本发生学中的“求真”走到了它的反面。这里完全没有道德上的臧否之意，“假”在这里与其说是一种写作

[1] 张新颖：《一物之通，生机处处——王安忆〈天香〉的几个层次》，《当代作家评论》2011年第4期。

[2] [英]安吉拉·卡特：《烟火》，严韵译，南京大学出版社2012年版，第32页。

学上的修辞，更不如说是一种不自觉的历史意识。与保守主义的历史态度相联系，我们会发现在《天香》中有另外一种看起来很时尚的把历史景观化的趋向。“景观化”的概念来自于法国哲学家德波，用来指“一种新的调控模式，它通过创造一个使人迷惑的影像世界和使人麻木的娱乐形式来安抚人民”[1]。我在这里借用这一概念来指王安忆在处理历史时的一种技术手段和意识形态。技术手段是指，她对于“物”的细节描摹实际上具有鲜明的影像化的特征，上面引用的两处细节描写与其说服务于语言的功能，不如说是服从于摄像镜头的功能。意识形态是指，通过这种对“物”的看似“求真”“审美”“无利害”的描写，它满足了当下社会对于历史的消费渴求。其实早在《我爱比尔》《长恨歌》等出版以后，就有批评家指责王安忆把“日常生活的机械生存准则提升到存在本体论的地位，并以一种‘东方奇观’的形态出现在读者的视野之中……构成一种对深受西方都市文明濡染的现代人（包括东方的与西方的）而言十分陌生的‘东方情调’，以及由这种‘情调’而引起的沉浸和迷醉”[2]，只不过在《天香》里，这种“情调”更隐秘地以“知识考古”和“历史景观”的方式出现。正是因为这种“景观化”更加低调和技术化，因此其造成的效果也更加美轮美奂，“将自我彻底融合到它一直着力刻画的历史中去，并且根据其刻画的内容不断重新建构历史”[3]。将“自我”让渡出去，醉心于历史的景观化书写，并在这种景观化中切断历史与当下之间的关联，这就是王安忆保守主义历史观在《天香》中的体现。张新颖认为王安忆的《天香》是沈从文传统在当代的回响之一，[4]但我以为王安忆这种文化上的保守主义与沈从文有本质的区别。沈从文的文化观建立在“冲突”的基础之上，他以其自身的生命实感感受到



[1] [法]居伊·德波：《景观社会评论》，梁红译，广西师范大学出版社2007年版，第1页。

[2] 李静：《不冒险的旅程——论王安忆的写作困境》，《当代作家评论》2003年第1期。

[3] [法]居伊·德波：《景观社会评论》，原话是：“将自我彻底融合到它一直着力刻画的现实中去，并且根据其刻画的内容不断重新建构现实。”广西师范大学出版社2007年版，第5页。

[4] 张新颖：《中国当代文学中沈从文传统的回响——〈活着〉〈秦腔〉〈天香〉和这个传统的不同部分的对话》，《南方文坛》2011年第6期。

了这种冲突的剧烈性和分裂性，在沈从文表面的“风景”中，蕴含着暴虐、残酷的历史内容，这是沈从文丰富性之所在。而王安忆对于历史的追溯，总带有一种身为“局外人”的冷酷，这不仅让她的作品缺乏“温度和热情”[1]，更让人觉出其历史观的暧昧和非自主性。在小说中，她也不过是借用赵墨工之口道出了一个再陈旧不过的历史观：“依我看，天地玄黄，无一不是周而复始，循环往复，今就是古，古就是今！”[2]

## 二　历史主体的“去成人化”

在《古炉》后记中，贾平凹阐述了写作《古炉》的心理动机：“我的记忆更多地回到了少年，我的少年正是上个世纪60年代的中后期，那里中国正发生着史无前例的‘文化大革命’。”“对于‘文化大革命’，已经是很久的时间没人提及了，或许那四十多年，时间在消磨着一切，可影视没完没了地戏说着清代、明代、唐汉秦的故事，‘文革’怎么就无人感兴趣吗？或许‘文革’仍是敏感的话题，不堪回首，难以把握，那里边有政治，涉及评价，过去就让过去吧？”“我问我的那些侄孙：你们知道‘文化大革命’吗？侄孙说：不知道。我又问：你们知道你爷的爷的名字吗？侄孙说：不知道。我说：哦，咋啥都不知道。”“我想，经历过‘文革’的人，不管在其中迫害过人或被人迫害过，只要人还活着，他必会有记忆。也就在那一次回故乡，我产生了把我记忆写出来的欲望。”[3]这一心理动机看起来似乎非常自然，但其中却大有可以分析之处。一方面，人到知天命之年，在时间的消逝中追忆过往，这是一个非常普遍的也是很个人化的动机；但是另外一方面，贾平凹的动机里又包含有非常“公共性”的一面，他不仅仅是要讲述自己的故事，同时也想记录一个时



[1]　房伟语，见李云雷、李耳、梁鸿等：《长篇小说的“中国化”及其他》，《作品》2012年第13期。

[2]　王安忆：《天香》，人民文学出版社2011年版，第71页。

[3]　贾平凹：《〈古炉〉后记》，《东吴学术》2010年创刊号，第278-280页。

代，并试图通过他的讲述和记录让历史得以保存下去，以抵抗后来者（侄孙们）的遗忘。从这个动机出发，我们会发现贾平凹一开始就遭遇到了历史题材写作的两难困境：以个人的记忆为本位，则“文”胜于“史”；以历史史实为本位，则“史”胜于“文”。“当代中国作家的‘文革’叙事之所以鲜见精品，一个很重要的原因就是他们普遍没有把握好历史与小说之间的关系，他们想当然地以为这种关系仅仅是所谓历史小说创作中需要解决的问题，而长期以来，关于‘文革’的小说通常是不被看作历史小说的，而是被视为现实题材的小说，就这样，他们笔下的‘文革’叙事写得太像小说了，故事和理念淹没了历史感。我们期待着另一种写出了历史感的‘文革’小说，这种‘文革’小说既有‘历史小说’的历史性，又有‘新历史小说’（作为“新写实小说”的变体）的写实性，因此有别于传统历史小说的宏大叙事。显然，贾平凹穷四年之力写就的《古炉》正属于这种类型的‘文革’叙事。”[1]认为《古炉》已经在“历史性”和“文学性”之间得到完美的结合显然是一种褒奖。王德威则表达了另外的观点：“细读全书，我们发现贾平凹用了更多的气力描述村里的老老少少如何在这样的非常岁月里，依然得穿衣吃饭，好把日子过下去。他以细腻得近乎零碎的笔法为每个人家做起居注，就像是自然主义式的白描。甚至‘文化大革命’的你死我活也被纳入这混沌的生活中，被诡异的‘家常化’了。”[2]也就是说，贾平凹不但没有在小说中弥合“历史”与“小说”、“记录”与“文学”之间的裂隙，而且从一开始就已经进行了偏离，这种偏离的“诡异”气氛，很大程度上来源于他在作品中塑造的那个特别的叙述主体——“狗尿苔”。



显然，贾平凹对狗尿苔这个人物颇为满意：“狗尿苔，那个可怜可爱的孩子，虽然不完全依附于某一个原型的身上，但在写作的时

[1] 李遇春：《作为历史修辞的“文革”叙事——〈古炉〉论》，《小说评论》2011年第3期。

[2] 王德威：《暴力叙事与抒情风格——贾平凹的〈古炉〉及其他》，《南方文坛》2011年第4期。

候，常有一种幻觉，是他就在我的书房，或者钻到这儿藏到那儿，或者痴呆呆地坐在桌前看我，偶尔还叫着我的名字。我定睛后，当然书房里什么人都没有，却糊涂了：狗尿苔会不会就是我呢？我喜欢着这个人物，他实在是太丑陋、太精怪、太委屈，他前无来处，后无落脚，如星外之客，当他被抱养在了古炉村，因人境逼仄，所以导致想象无涯，与动物植物交流，构成了童话一般的世界。狗尿苔和他的童话乐园，这正是古炉村山光水色的美丽中的美丽。”[1] 批评家也对这个人物的功能性作用给予了高度评价：“贾平凹在《古炉》的历史叙事中选择了客观型的叙述姿态，他主动将自己的主观历史情绪内敛起来，尽力恪守冷静平实的创作心态，从而臻达了类似于韦伯所谓‘价值无涉’的历史叙述伦理境界。”[2]可能出乎贾平凹和批评家的意料，正是这个“价值无涉”的人物出卖了贾平凹，作为“文革”这一重要历史事件的“观察者”和“叙述者”，一个孩子的视角固然能绕开“政治评价”风险，但同时也增加了使历史幼稚化的可能。为了回避这种幼稚化，贾平凹使用了其一贯的手法，那就是利用一种神秘主义，将“幼稚化”的历史转化为不可知的历史。[3]在这个意义上，狗尿苔恰好不是“价值无涉”的，他实际上对历史做出了判断，这一判断就是：所有的恶行都是你们做的，我只是一个没有长大的孩子，即使恶行遍地，我看到的依然可以是一个童话般的神秘世界。



如果说狗尿苔构成了《古炉》的历史主体，我们可以说这是一个“去成人化”的主体，这个主体与贾平凹的关于“文革”的记忆形成绝好的互文：记忆永远只是记忆，如果只是停留在记忆的层面，则历史主体永远都不会长大成人，也就不能在“公共性”的层面完成历史反思和拒绝遗忘的功能。“去成人化”的主体同时也是一个“去罪

---

[1] 贾平凹：《〈古炉〉后记》，《东吴学术》2010年创刊号，第284页。

[2] 李遇春：《作为历史修辞的“文革”叙事——〈古炉〉论》，《小说评论》2011年第3期。

[3] 胡河清在1990年代初就指出了贾平凹的这种特点：“贾平凹的创作美学，表现了一种把西方现代主义文学的精神深度模式和东方神秘主义传统参炼成一体的尝试”。见胡河清：《贾平凹论》，《当代作家评论》1993年第6期。

化”的主体，对于贾平凹这一代人来说，“文革”实际上构成一个原罪式的存在，清除这种“原罪”也是写作《古炉》的目的之一：“‘文革’结束了，不管怎样，也不管做什么评价，正如任何一个人类历史的巨大灾难无不是以历史的进步而补偿的一样，没有‘文革’就没有中国人思想上的裂变，没有‘文革’就不可能有以后的整个社会转型的改革。而问题是，曾经的一段时期，似乎大家都是‘文革’的批判者，好像谁也没了责任。是呀，责任是谁呢，寻不到能千刀万剐的责任人，只留下了一个恶的代名词：‘文革’。”[1]但是如果清除“原罪”依靠的是孩童般的记忆，对责任的追问也自然就落入虚空。实际上，贾平凹正是通过这种“去成人化”的历史主体将“历史责任”这一至关重要的历史写作的伦理给搁置起来了。“罪”成为暴力的奇观，对“罪”与“恶”的记忆呈现为一种旧式文人式的抒情笔记，我不知道贾平凹是投机取巧还是心有余而力不足，我宁愿相信是后者。无论如何，当历史写作的具体性（写实性）堕落为“日常生活”的拼凑时，即使是狗尿苔这样一个“历史的天使”[2]也无法弥补贾平凹在历史认知上的简单化。



### 三　历史寓言的“去历史化倾向”

“去成人化”的历史主体暗示了1950年代作家根深蒂固的恐惧症，他们既不愿意将记忆掩埋起来，又不敢正视历史的具体性。如果历史要求他们做出一个认领，他们最后还是以“踢球”的方式将这个“责任”踢给别人，这个人在阎连科的小说《四书》里有一个符号化的名字——孩子。

“孩子”被认为是《四书》中最有创造性的人物。“孩子才是阎连科精心塑造的形象。这形象在中国当代文学中显得十分另类。用那样一种怪异的语言叙述孩子的故事、塑造孩子的形象，也是为了叙

[1]　贾平凹：《〈古炉〉后记》，《东吴学术》2010年创刊号。

[2]　贾平凹语，见贾平凹：《〈古炉〉后记》，《东吴学术》2010年创刊号。

述语言能与孩子的形象吻合。”[1]发明一种“圣经式”的语言是否是为了与孩子形象吻合，这一点我们暂且存疑，但有一点是明确的，那就是这个“孩子”在小说中发挥了重要的功能，程光炜认为这种功能就是：“重建被遗忘的那个历史程序，是在把被新时期浪潮冲刷瓦解或分化的那个程序，在小说中复原。这个程序就是，‘惩罚——检举——奖励’，用拉打兼顾的辩证法在人们的灵魂深处植入一个有效的软件。但是，这种重建的阻力和难度是难以想象的，它甚至难以用小说的叙述加以展现。”[2] 程光炜非常含蓄地指出了重建这个“历史程序”的困难，这一困难在我看来，恰好是“孩子”在这个历史程序中过于“膨胀”的后果。在整个《四书》的叙述中，“孩子”是全能者，它几乎可以控制一切人和物，这背后当然影射了“大跃进”专制与荒谬的事实，但从另外一个角度看，也同时抽空了“大跃进”这一历史事件本身包含的复杂性。“孩子”形象过于“强大”的后果是，整个作品似乎就是这个“孩子”的独角戏，其他所有人都成为舞台的布景或者道具。阎连科从贾平凹的极端走到了另外一个极端，那就是完全抽空了历史的写实性的一面，而用创造“文体”的方式来把历史转化为“纯粹”的形式。这正是程光炜所指出的：“显然，《四书》的故事梗概不足以让读者了解历史真相，反而是在用隐喻手段有意误导读者偏离历史事实。但从另一个角度看，这种误导意在保护作品的历史隐秘性。作家试图暗示，面对一个日常生活逻辑完全崩溃(或说是非颠倒)的年代，作家的任务并非照实摹写那里发生过的所有生活细节，而应该用另一种新的内在的逻辑对其加以颠覆，在颠覆之后予以重建。”[3]但问题的关键在于，如果新的内在逻辑本身就有问题的话，如何颠覆？又如何在颠覆之后重建？



[1] 王彬彬：《阎连科的〈四书〉》，《小说评论》2011年第2期。

[2] 程光炜：《焚书之后——读阎连科〈四书〉》，《当代作家评论》2012年第5期。

[3] 程光炜：《焚书之后——读阎连科〈四书〉》，《当代作家评论》2012年第5期。

按照阎连科的说法，我们大概可以揣测这种新的逻辑大概建基于两个方面：一个是在历史层面展开的，也就是上文程光炜指出的揭示中国当代史中被遗忘的“暴力程序”；另外一个是在小说写作的层面展开的，这就是阎连科所言的“神实主义”。“神实主义，大约应该有个简单的说法。即：在创作中摒弃固有真实生活的表面逻辑关系，去探求一种‘不存在’的真实，看不见的真实，被真实掩盖的真实。神实主义疏远于通行的现实主义。它与现实的联系不是生活的直接因果，而更多的是仰仗于人的灵魂、精神和创作者在现实基础上的特殊臆思。在日常生活与社会现实土壤上的想象、寓言、神话、传说、梦境、幻想、魔变、移植等，都是神实主义通往真实和现实的手法与渠道。”[1]而阎连科更大的雄心则在于通过后一种逻辑来拆解前一种逻辑，在“发现小说”的时候“发现历史”。但是正如有的批评家所指出的，阎连科的这种逻辑背后有鲜明的目的论：“他预设了‘话题性’作为选择小说题材的目的，他也预设了某种‘不存在的真实’作为小说创作的目的，以此为名，他可以用‘特殊臆思’来粗暴地对待任何真实的生活，因为真实的生活是不重要的，重要的是‘看不见的真实’，而为了达到这‘看不见的真实’，可以牺牲一切真实。这是多么熟悉的逻辑，这不就是‘老大哥’的逻辑吗？”[2]指责阎连科的逻辑为“老大哥”的逻辑，这明显是有些苛责了，但是也谨慎提醒了“小说逻辑”和“历史逻辑”之间的难以调和性。在我看来，阎连科实际上是以部分牺牲“历史逻辑”来换得“小说逻辑”的成功。在这个意义上，我以为作为一部在语言、文体、人物上都有所创新的小说，《四书》是值得称道的。但是如果从重建历史程序、还原历史细部的角度来说，它依然失之于简单。



由此我们可以看到王安忆、贾平凹和阎连科的历史写作都有一个共同的趋向，那就是试图将历史进行“文体化”或者说“风格化”。

---

[1] 阎连科：《发现小说》，《当代作家评论》2011年第2期。

[2] 张定浩：《皇帝的新衣——阎连科的〈四书〉》，《上海文化》2012年第3期。

在王安忆的《天香》里，历史变成了展示景观的“小品文”；在贾平凹那里，历史变成了诡异神秘的笔记体小说；而在阎连科这里，历史变成了一则寓言。相对而言，这种将历史文体化的努力在阎连科这里是最有自觉意识，也是理得最顺的。这种寓言化的文体因为符号化（孩子、学者、音乐等）的人物和圣经式的语言，从而将历史内容普遍化了：

大地和脚，回来了。秋天之后，旷得很，地野铺平，混荡着，人在地上渺小。一个黑点星渐着大。育新区的房子开天辟地。人就住了。事就这样成了。地托着脚，回来了。金落日。事就这样成了。光亮粗重，每一杆，八两七两；一杆一杆，林挤林密。孩子的脚，舞蹈落日。暖气硌脚，也硌前胸后背。人撞着暖气。暖气勒人。育新区的房子，老极的青砖青瓦，堆积着年月老极混沌的光，在旷野，开天辟地。人就住了。事就这样成了。光是好的，神把光暗分开。称光为昼，称暗为夜。有晚上，有早上。这样分开。暗来稍前，称为黄昏。黄昏是好的。鸡登架，羊归圈，牛卸了犁耙。人就收了他的工了。



这是一种非常“仪式化”的语言，这种“仪式化”与“孩子”的“仪式化”形象密切结合在一起，并通过一种哲学的抽象（小说中西西弗斯的故事）和道德的升华（小孩最后在十字架上自焚）来完成由历史到寓言的转换。由此，“大跃进”的历史在阎连科这里变成了一个普遍的可以被类型化的“故事”，就好像那些流传久远的民间故事、圣经故事和童话故事一样，这个故事可以在任何时空中被阅读和传播。我再次强调一次，对于小说来说，这是成功的，实际上，在上述三部小说中，《四书》是最具有可读性的；但是这种普遍性的背后，却潜藏着重大的“去历史化”的倾向。试想如果有一天，我们像读《伊索寓言》一样去阅读和理解中国当代史，那该是一种多么可怕的遗忘和放弃？

## 结语

无论如何，历史叙事将构成我们称之为“大历史”的那个“历史”的一部分，而且在很大的程度上，它将成为阅读和传播最广的那一部分历史。“面对‘文革’，只有小说家一如既往，从虚构摩挲历史伤痕，并且不断反思政治和伦理的意义。我们因此可以想象未来研究‘文革’最重要的资源不在史料或论述，而是在叙事。”[1]这不仅仅是因为小说家的执着和痴念，而更在于叙事作品本身所具有的“被普遍阅读并记忆”的优势。在这个意义上，长篇历史叙事承担了复杂的政治社会学的功能。它不仅仅是要还原历史的现场和细节（如果有所谓的现场和细节），更需要从当下生活着的情势出发，去重构历史各种细部的关系，将历史理解为一种结构而不是一种过去的事实，发现其内部逻辑与当下现实之间的隐秘关联，这就是本雅明所谓的历史唯物主义：“历史唯物主义者不能没有‘当下’的概念。这个当下不是一个过渡阶段……这个当下界定了他书写历史的现实语境。历史主义给予过去一个‘永恒’的意象；而历史唯物主义则为这个过去提供了独特的体验。”[2]在最基本的层面，一部长篇历史叙事作品至少应该包括两个部分：第一是它应该有一种历史的经验陈述，这一经验由事实、材料、客观叙述甚至是个人记忆所组成；第二是它应该有一种历史观，这种历史观由叙述者的道德臧否、价值取向和审美喜好所构成，也就是说，它应该有一种不仅仅是基于个人经验的历史判断。在我的观察中，这十年来主要的长篇历史叙事都只是达到了第一层面，无论是《天香》《古炉》还是《四书》，在经验陈述上都各有其特点，这种特点甚至构成了某种“风格化”的东西。但也正是这种过于鲜明的风格化的东西——具体来说就是上文详细论述过的历史的景观化、去成人化的主体叙事和历史的寓言化——阻碍或



---

[1] 王德威：《暴力叙事与抒情风格——贾平凹的〈古炉〉及其他》，《南方文坛》2011年第4期。

[2] [德]本雅明：《历史哲学论纲》，见《启迪：本雅明文选》，[德]汉娜·阿伦特编，张旭东、王斑译，生活·读书·新知三联书店2008年版，第274页。

者说遮蔽了历史判断。在这个意义上，这些作家的历史写作依然没有走出“90年代”。一方面他们依然停留在对宏大叙事的表面拆解上，却没意识到他们避之不及的“宏大叙事”其实也是一个想象出来的意识形态，因此他们并没有认真去面对这个“宏大叙事”的遗产。在我看来，中国当代文学中的“宏大叙事”至少给写作提供了某种超越性的历史框架，而这种框架在1990年代以来的作品中是严重缺失的，这使得1990年代以来的历史叙事呈现为一种“历史的爬行主义”。另外一方面，他们依然执着于用所谓的民间史、地理志和乡土史去对抗所谓的“正史”，却没有意识到经过1980年代以来近二十年的持续书写，这些所谓的“野史”早就变成了“正史”，它们恰恰是需要被反思和重新“历史化”的对象。



在这个意义上，21世纪第一个十年的长篇历史写作很难说是成功的，但这些写作依然值得尊敬和讨论，因为这些写作至少暗示了一种重建历史的勇气和决心。它们所暴露出来的种种问题，与其说是这些作家在面对中国复杂历史状貌时的顾此失彼，更不如说是重建历史本身就是一个西西弗斯式的过程。21世纪才刚刚展开，要这些与1990年代意识形态保持千丝万缕关系的作家迅速就与过去“决裂”，立即建构起新的历史框架和历史观，这恐怕也是一种“非历史”的要求吧。写作的问题永远不可能在内部自行解决——对于历史写作来说更是如此。如果现实的政治经济秩序依然在1990年代的轨迹上运行，如果“资本——民族——国家”三位一体的圆环[1]无法找到缺口，真正有效的历史写作就不可能出现。因此，如何由外而内地解决写作主体、批评主体和接受主体的意识形态瓶颈，是当下历史写作面临的首要问题。

[1] [日]柄谷行人：《日本现代文学的起源》，赵京华译，上海三联书店2003年版，第5页。

# “在天空中凝结成一个全体”
## ——《凤凰》的风景发现和历史辩证法

欧阳江河的长诗《凤凰》发表于《今天》2012年春季号“飘风特辑”，后由牛津大学出版社于2012年底出版单行本。整部长诗共19节，338行。在单行本的“序言”中，李陀对该长诗做出了高度的评价：“长诗《凤凰》的问世对当代诗歌写作具有特殊重要的意义，这个意义不只限于诗歌，还应该放在当代文化环境正在发生的重大变化中去评价和理解。”[1]长诗从徐冰的大型装置艺术雕塑“凤凰”中获得灵感，以凤凰为核心象征体，重塑现代主义诗歌的叙事视域，结构出“凤凰一般”的社会现实，进而勾勒资本逻辑、词语逻辑和历史逻辑在社会结构中的重叠互置，在反讽、驳诘、词语狂欢和欧阳江河式的历史辩证法中全景式地呈现了当下中国“如古瓮般的思想废墟”。长诗气度恢宏同时又泥沙聚下，思辨深刻但又若无所依，结构精致同时又“漏洞百出”。长诗是一个真正的综合性文本，它以诗歌的形式重塑现实，但又非常现实性地——同时也是无可奈何地——将诗歌的“猛兽”[2]驯化为一个观念中的“全体”。与此同时，又不断地对这一“全体”进行拆解[3]：从雕塑始，以反雕



[1] 李陀：《〈凤凰〉序言》，牛津大学出版社2012年版。

[2] 里尔克有名诗《豹》，威廉·布莱克有名诗《虎》，都可视作以诗歌喻猛兽的佐证。

[3] 吴晓东指出：“《凤凰》虽然在诗艺结构上具备了一种堪称完美的完整性——一种由核心意象‘凤凰’所凝聚的完整性，但从诗歌的意识形态远景以及史诗内在的视景的双重意义上看，《凤凰》也同样是一首无法完结的诗作。”吴晓东：《“搭建一个古瓮般的思想废墟”——评欧阳江河的〈凤凰〉》。《凤凰》单行本，牛津大学出版社2012年版。

塑终；从时间始，以反时间终；从诗歌始，以反诗歌而终——对一个读者来说，也许不得不遵循这种正反的隐秘秩序，从解读始，以反解读而终。

## 一 “因为大我已经被小我丢失”

得给消费时代的CBD景观
搭建一个古瓮般的思想废墟，
因为神迹近在身边，但又遥不可及。
得给人与神的相遇，搭建一个
人之境，得把人的目力所及
放到凤凰的眼瞳里去，
因为整个天空都是泪水。
得给“我是谁”
搭建一个问询处，因为大我
已经被小我丢失了。
得给天问，搭建鹰的独语，
得将意义的血肉之躯
搭建在大理石的永恒之上，
因为心之脆弱有如纹瓷，
而心动，不为物象所动。



这是欧阳江河长诗《凤凰》中的第5节，之所以挑出这一节来开始这篇解读之文，是因为其中至关重要的一句——“因为大我已经被小我丢失了”。这是这首长诗首先值得注意的地方。如果我们已经用足够的耐心——当然也许是足够的激动——阅读完了这首机械复制时代的“飞翔”之作，我们就会发现一个有悖于现代主义诗歌传统的事实，在整个诗篇中，没有出现第一人称主语“我”。我相信这是欧阳江河刻意为之，实际上，如果在某些诗句的前面加上“我”这一主语，这首诗也许读起来会更亲切一些。但是欧阳江河刻意地将“我”删除了，这让阅读这一行为本身变成了一个“悬空”的动作。现代诗歌阅读的基础建立在“我”与读者互为主体的原则之下，也就是说，读者通过阅读假想自己为诗歌的主体，从而获得情感上的认同。但是在欧阳江河这里，因为“我”的缺席，读者将不得不寻找另外的想象的替代物。欧阳江河以这种方式来逼迫读者跟随他的诗歌一起“飞翔”，飞离原有的创作惯性、阅读惯性和想象惯性。

第一人称主语的消失意味着某一类个人的退场，现在，出现在诗歌中的场景不再是孤零零的一个人走过傍晚的广场，在那个广场里，主体的内省和自恋是主要表达的主题。现在恰好相反，广场被纷繁嘈杂的现代性的景观所“填充”：



3

身轻如雪的心之重负啊，
将大面积的资本化解于无形。
时间的白色，片片飞起，
并且，在金钱中慢慢积蓄自己，
慢慢花光自己。而急迫的年轻人
慢慢从叛逆者变成顺民。
慢慢地，把穷途像梯子一样竖起，
慢慢地，登上老年人的日落和天听。
中间途经大片大片的拆迁，
夜空般的工地上，闪烁着一些眼睛。

4

那些夜里归来的民工，
倒在单据和车票上，沉沉睡去。
造房者和居住者，彼此没有看见。
地产商站在星空深处，把星星

像烟头一样掐灭。他们用吸星大法
把地火点燃的烟花盛世
吸进肺腑，然后，优雅地吐出印花税。
金融的面孔像雪一样落下，
雪踩上去就像人脸在阳光中
渐渐融化，渐渐形成鸟迹。
建筑师以鸟爪蹑足而行，
因为偷楼的小偷
留下基建，却偷走了它的设计。
资本的天体，器皿般易碎，
有人却为易碎性造了一个工程，
给它砌青砖，浇铸混凝土，
夯实内部的层叠，嵌入钢筋，
支起一个雪崩般的镂空。



这些景观包括：拆迁的工地、急迫的年轻人、夜里归来的民工、站在星空深处的地产商、蹑足而行的建筑师、偷楼的小偷、钢筋混凝土的楼体，等等。这些景观在两个层面被处理：第一个层面是在严格意义上的“写实”层面，具体的身份、场景被展示；第二个层面是在“隐喻”的层面，每一种现实的具体性都被转喻进一种隐晦的“意识形态”的批判系统，地产商由此对接上“印花税”，而金融如雪，形成“鸟迹”，资本贪婪和狡猾的本性得以暗示。从这个角度看，这些景观是“景观”与“奇观”的综合体，欧阳江河以其惯有的悖论性的语言将这两者锻造为社会性的“现实”。这种现实既不同于马克思斯大林主义的“现实”，也不同于1990年代以来盛行的“日常事实”，这是一种综合的现实。它本身建立在高度象征化的“日常事实”中，或者说，“日常事实”在高度景观化的当下已经不存在了，因此，对于“日常事实”的书写应该首先破除象征化，但是这种破除又并非简单地还原，而是通过另外的象征体系予以对话、辩驳和拆解，我觉得这正是《凤凰》本质性的修辞原则。在这个修辞原则之下，一种“新现实”被呈现出来，它不仅仅是视觉意义上的，也不仅仅对应于现实中的徐冰的“凤凰”雕塑，而是重新发现了诗歌、修辞和现实的对接术，并在这个意义上改写了现代主义的原则——具体来说，就是将现代主义日益内倾化的个人视域转化为一种综合性的社会视域。

视域的转化意味着“大我”和“小我”之间关系的调整。在中国的历史语境中，“大我”与“小我”有着明确的政治内涵，“大我”指的是那种大公无私、拥有“正确的”价值观和人生观（往往是非常意识形态化的集体主义和浪漫主义）的个体，而“小我”则与“大我”相对，指的是仅仅关注自我发展和自我完成，带有存在主义色彩的小资产阶级个人。欧阳江河很明显地在此借用了这两个词语的意识形态背景并获得了一种张力，但他同时又抽空了这两个词过于明显的意识形态含义，而对之进行了抽象化的处理。“大我”在这里被普遍化为一种“思想”“神”“心”，而“小我”则是“人”“人之境”，“大我”与“小我”之间的政治张力转化为一种哲学（神学）张力。这种哲学，既有一点柏拉图的意味，又有一点老子的气息，这种拼接与作为雕塑的“凤凰”形成奇特的同构。“大我”与“小我”之间的关系由此变成了“道”与“人”、“神”与“人”、“天”与“人”之间的关系。因此，当“大我已经被小我丢失”变成一种既成的前提和事实，那么，找回“大我”的方式就是“得把人的目力所及放到凤凰的眼瞳里去”，也就是将“我之眼”放到“凤凰之眼”，然后获得一个更高、更阔大、更全面的视域。“小我”由此通过凤凰找回了“大我”，在这种“凤凰的眼瞳”的观照中，“小我”获得新生。因此，“我”的缺席又是一种“我”的回归，这里面有着双重的寻找：在小我中找大我，在大我中找小我，并在一种“重瞳”（我之眼和凤凰之眼）中焕发出逼人的观察力和想象力。[1]



[1] 师力斌在《飞得起来落不下——读欧阳江河的〈凤凰〉》一文中征用李陀和苏炜《新的可

## 二 “人变成一种叫凤凰的现实”

借着“大我”“小我”重叠的观察和透视，《凤凰》中可以说有一种“风景的发现”。这种发现同样是多重的，第一重发现在于徐冰的大型雕塑“凤凰”对于中国现实的高度象征化再现。在这个庞大的雕塑中，废弃的工业原材料被锻造组装为金碧辉煌的凤凰塑像，这是工业社会“有用”与“无用”的直接美学化；而当这只凤凰在各种博览会上被展览、观看之时，它本身就构成了资本的矛盾性隐喻，它必须借助资本才能流通，但同时却在倾诉资本的暴力性和侵略性。第二重发现在于欧阳江河在观看、接触这样一个庞大的雕塑时所产生的震惊感。他可能意识到了这是一种巨大的发现[1]，并在这一发现之中产生了另外一种发现的冲动，他试图在这个雕塑身上发现词语叙述的可能，具体来说，是艺术行为（诗歌行为）与现实之间的关系。“从这个角度看《凤凰》，徐冰创作的角度与涉及的领域远远超出了美术创作，我们应该从人类文明的角度去看。这个角度不光包括我们的审美、思想的阐释，对世界的理解，同时



能性：想象力、浪漫主义、游戏性》一文的观点，认为想象力实际上不是形象创新和思维开放的问题，而是思想力和观察力自由的问题。从而得出“作家的想象力与其思想力和自由度成正比”的观点。将“凤凰”的飞翔与诗人的自由作了非常有意思的类比。师力斌：《飞得起来落不下——读欧阳江河的〈凤凰〉》，未刊。

[1] 欧阳江河在《“凤凰”的意义重叠》一文说：“在我看来，徐冰考虑了三方面因素：作为一个图纸上或二维平面的概念；凤凰是由工业废料品的搭起来的作品，徐冰考虑更多的是工业体量感，而不是雕塑本身的空间占有和暗示性。其次是考虑作品的构成材料，这些材料全都保持生活的原尺寸大小，比如搅拌机、钢筋骨架、水泥、安全帽以及各种工具。这些被触摸过的劳动工具还保留了劳动的真实性，也包含着对劳动的一种尊重，或者是礼赞，以及种种批判性的思考：劳动和财富的关系，现代和古代的关系，艺术和资本的关系。”“这些生活中原尺寸的物体，与工业的体量感合并后，触及了我想指出的第三方面的因素，将艺术品本身作一个夸大——以纪念碑般的史诗尺寸，构成反讽的、相互抵触的、过度的比例关系。这三种因素构成了凤凰的重量以及它的体量感。所以我们不能只是从雕塑的角度考虑。这与其说是雕塑，不如说是反雕塑。”见欧阳江河：《“凤凰”的意义重叠》，《艺术时代》2010年第3期。

也包括了应该怎么从行为的角度去介入和改变这个世界。”[1]由此产生了第三重发现，在这一重发现里面，作为雕塑的凤凰消失了，而作为诗歌（词语）的凤凰起飞了。更重要的是，在发现词语的凤凰的同时，现实洞开，词语发现了新现实，也就是长诗第2节所言的——“人变成一种叫凤凰的现实”：

> 2
> 人类并非鸟类，但怎能制止
> 高高飞起的激动？想飞，就用蜡
> 封住听觉，用水泥涂抹视觉，
> 用钢钎往心的疼痛上扎。
> 耳朵聋掉，眼睛瞎掉，心跳停止。
> 劳动被词的力量举起，又放下。
> 一种叫作凤凰的现实，
> 飞，或不飞，两者都是手工的，
> 它的真身越是真的，越像一个造假。
> 凤凰飞起来，茫然不知，此身何身，
> 这人鸟同体，这天外客，这平仄的装甲。
> 这颗飞翔的寸心啊，
> 被牺牲献出，被麦粒洒下，
> 被纪念碑的尺度所放大。
> 然而，生活保持原大。
> 为词（梦）造一座银行吧，
> 并且，批准事物的梦幻性透支，
> 直到飞翔本身
> 成为天空的抵押。

什么是凤凰一样的现实？耳聋、眼瞎、心跳停止，“它的真身



---

[1] 欧阳江河：《“凤凰”的意义重叠》，《艺术时代》2010年第3期。

越是真的，就越像一个造假”。这是一个感官遭到废弃，无法辨别真假的现实，在这样一个现实中，感官所经验到的世界未必是“真”的，因为“飞与不飞”都是“人工”。这里或许会让我们想到本雅明经典的关于机械复制时代的论述，因为“光晕”的消失，伟大的作品将变得不再有神圣的价值。而在后工业社会，因为高度发达的技术，甚至连“感觉”本身也已经真伪难辨。也就是说，“真”作为一种概念或者范畴已经完全不存在了。因为“真”的消失，所以“假”其实也就不存在了。这不仅仅是某种哲学上的诡辩术，同时也意味着欧阳江河所一贯赖以写作诗歌的修辞术遭遇到了现实性的危机。因为在以往的诗歌中，欧阳江河修辞上的反讽、悖谬几乎都建立在一种二元对立的现实结构和哲学对位中，但是，如果“真”与“假”已经完全合二为一，就像“人鸟同体”一样，那么，这种修辞术还有没有继续下去的可能性？欧阳江河没有直接回答这个问题，但我以为他已经意识到了这个危机。在词语的危机和匮乏之中，他不得不借助资本的逻辑——“为词造一座银行吧”。非常有意思的是一处小小的改动，在《凤凰》的第四次修改稿中，这一句是“为梦造一座银行吧”，但是在《今天》“飘风”特辑以及《凤凰》的单行本中，这个“梦”被“词”所替换。梦是一种更感性的表达，仅仅通过“梦”并不能完成对整个资本现实的表述，虽然资本主义一直以“好莱坞梦工厂”的形式向全世界批发其“黄粱美梦”，但是，“梦”最终也不得不诉诸“词”（修辞和表达），因此，“词”具有了“硬货币”的功能，现在，它可以在“银行”里被无限地复制和生产，并用来交换一切。

“为词造一座银行吧”暗示了“凤凰一般的现实”与资本的发展密切相关，与其说是人造就了凤凰一般的现实，不如说是资本的逻辑造就了这种现实。在这个意义上，“凤凰”可以被理解为一种社会性的结构。对这一社会性结构的肌理、组织进行全景式地分析叙述构成了诗歌最重要的篇幅，接下来的第3、4、5节从两个方面叙述了这一社会结构的两个支撑性的逻辑。一是资本本身的逻辑，这一逻辑的主体是我在上文中提及的社会化视域中的“个体”，这些个体由剥削者和被剥削者组成，他们的关系错综复杂，互相纠缠。“在金钱中慢慢积蓄自己”的“年轻人”，“慢慢从叛逆者变成顺民”，然后又“以穷途”为天梯，登上“老年人的日落和天听”；而民工则“倒在单据和车票上，沉沉睡去”；地产商则用“吸星大法”将“烟花盛世”变为自己身体的一部分。很明显，这一资本的逻辑由利润、税收、剥削、剩余价值等现世的规则构成，在这一规则中，似乎很难做出善恶的道德价值判断，欧阳江河在此保留了一种“客观化”的暧昧。但第4节的最末一句又留下了空间：“资本的天体，器皿般易碎，有人却为易碎性造了一个工程。”这里的疑问是：谁为这个“易碎性”造了一个工程？如果天体如此易碎，又如何能将其整合起来？这正好是第二个支撑性的逻辑，即词的逻辑。词在这里是“古瓷般的思想废墟”，是“鹰的话语”。“人”通过“词”将资本的逻辑与词的逻辑结合起来，也就说，通过“词”的象征性叙述，资本的逻辑才能找到意义，“得将意义的血肉之躯/搭建在大理石的永恒之上”。资本主义正是通过“词”的象征性的叙述系统，尤其是诗歌、小说和电影等一系列艺术形式，来构建其历史的正当性和合法性。因此，“词”比“梦”更重要，也更有其功能性的作用，“词”可以移形换位，可以颠倒黑白，可以指鹿为马。在这个意义上，资本主义当然需要一座“词的银行”。通过“词”的炼金术，资本主义洗白自己，隐去罪恶，“凤凰”优美地重生：

为什么凤凰如此优美地重生，
以回文体，拖曳一部流水韵？
转世之善，像衬衣一样可以水洗，
它穿在身上就像沥青做的外套，
而原罪则是隐身的

或变身的：变整体为部分，
变贫穷为暴富。词，被迫成为物。

## 三　“有人在太平洋深处安装了一个地漏”

借助社会性视域的观察，呈现了多重的风景，而这种风景中最突出的是层级分明的社会现实结构。在这种结构中，因为资本和词的逻辑互为作用，它简直就成了一个“永恒的大理石般”的存在，在这样的社会存在中，即使“小我”找回了“大我”，似乎也无法击毁“词”的银行，反而是深陷资本的内部运作逻辑之中，并参与其“易碎性工程”的涂脂抹粉。这似乎是《凤凰》第1—7节给我们的阅读感受。在这种情况下，欧阳江河完全“客观化”的诗歌叙述仿佛是这座“银行”的一名出纳员，以其娴熟而冷酷的工作方式来印证资本社会亘古不变的神话。但是，这并非欧阳江河的目的之所在，虽然这个开头显得稍微有些冗长，而转机似乎也姗姗来迟，但是，转机毕竟来了，在第8节中，我们读到了重要的信息：



8
升降梯，从腰部以下的现实
往头脑里升，一直上升到积雪和内心
之峰顶，工作室与海
彼此交换了面积和插孔。
一些我们称之为风花雪月的东西
开始漏水，漏电，
人头税也一点点往下漏，
漏出些手脚，又漏出鱼尾
和屋漏痕，它们在鸟眼睛里，一点点
聚集起来，形成山河，鸟瞰。
如果你从柏拉图头脑里的洞穴
看到地中海正在被漏掉，

请将孔夫子塞进去，试试看
能堵住些什么。天空，锈迹斑斑：
这偷工减料的工地。有人
在太平洋深处安装了一个地漏。

这一节的关键词是“漏”，八个“漏”字构成了一幅“漏洞百出”的视觉图景。“漏”是从具体到抽象的，漏水、电，也漏人头税，还漏柏拉图和孔夫子的思想。漏的对象越来越阔大，从一滴水开始，到漏地中海和太平洋。“漏”同时剧烈而势不可挡，即使将伟大的孔夫子塞进去，也无法“堵住些什么”。更主要的是，无论被词语叙述得多么光鲜动人的人物、思想、世界，其实都有绕不过去的漏洞，在这个“漏洞”里面，暗含着另外的历史和另外的可能性。



于是顺乎自然地，从长诗的第10节开始，一种历史性的叙述开始了。凤凰从“资本主义的逻辑”中“漏”出来了，并开始其漫长的“寻根问祖”之旅，从古人的“凤凰台”开始，历庄子、李贺、李白、韩愈。这是古典中国的凤凰图腾，带有传奇和梦幻的色彩，并与古典中国的神秘保持着一致性，这是一种古典的凤凰试图在现代飞翔的可能。然后凤凰一跃而到现代，在郭沫若的“凤凰涅槃”中终结晚清，“凤凰党人”则以“武器的批判撕碎地契”。这是革命的凤凰。“去丈量东方革命，必须跳出时间之外”，如果跳出了时间之外，东方的革命是否会呈现出另外的模样？列宁和托洛茨基都没有见过凤凰（如果凤凰是一种历史的话，也就是说列宁和托洛茨基都不了解东方的历史），那么，马克思见过凤凰没有？答案应该是否定的，因为，更多的人只是“坐在星空读资本论”。东方的革命如果跳出了时间之外——毫无疑问，这个时间指的是由黑格尔所奠定的西方时间观，也许革命的凤凰会有新的“涅槃重生”的机会吧？那么毛泽东时代呢？北京被想象为世界的中心，凤凰被想象为所有的鸟儿，但实际情况是，“十年前，凤凰不过是一台电视。

四十年前，它是两个轮子”，是“26寸的圆：毛泽东的圆”。虽然它一直在试图开辟另外的时间和空间，并不惜为此进行文化上的大革新，但时间的强大惯性还是将它留在了历史原地：“但一辆自行车能让时间骑多远，能把凤凰骑到天上去吗？”

在整个长诗里面，这是我最喜爱的几节。1990年代以来的中国当代诗歌写作要么陶醉于修辞的锤炼，欧阳江河也一度是其中的代表；要么沦为一种过于简单的文化表演，这种表演或者以口语的粗俗来对抗虚构的“知识分子姿态”，或者在这种虚构的“知识分子”镜像中自恋自大，刻意塑造受难者的形象并以殖民主义的媚态去迎合西方对于中国的政治想象。这种种写作，都在写作行为中抽离了真实的自我和真实的历史，因为自我的视域仅仅指向自我本身，现实和历史也就对其关上了洞察的大门。欧阳江河在《凤凰》中则重启了这一大门[1]，长诗的第10—14节以“凤凰”为主导性的符号，几乎将整个中国历史浓缩其中。历史被凤凰激活，历史的每一次可能性都是凤凰的一次“飞翔”，这种“飞翔”越是现代，就越是艰难。凤凰的飞翔可以说是一次次的历史势能，是一次次的历史冲动，在这种势能和冲动中，历史得以辩证地完成自身。欧阳江河在这一部分展示了非同一般的历史视野，他以辩证的而非形而上学的态度去面对中国历史——尤其是中国的现代史。在这个意义上，这首长诗是一首兼具历史意识和当下性的现代史诗。正如吴晓东所指出的：“在欧阳江河的《凤凰》中，‘现象学’的阐释结构与史诗品质的追求之间具有一种同构性。而当代史诗的尝试，不仅追慕了以庞德、艾略特为代表的现代主义诗人所贡献的现代史诗的高度，而且在复杂幻变的新世纪探索了一种开放性的史诗理念。”[2]



[1] 见吴晓东认为：“《凤凰》在这个意义上也构成了对二十世纪九十年代诗歌的某种超越。”吴晓东：《“搭建一个古瓮般的思想废墟”——评欧阳江河的〈凤凰〉》，《凤凰》单行本，牛津大学出版社2012年版。

[2] 吴晓东：《“搭建一个古瓮般的思想废墟”——评欧阳江河的〈凤凰〉》，《凤凰》单行本，牛津大学出版社2012年版。

## 四 “在天空中凝结成一个全体”

如果剔除出于智力优越感的炫技和对词语象征化的迷恋，《凤凰》对于历史的辩证法的书写可以说构成了另外一种逻辑，即，历史的逻辑。这一逻辑区别于资本的逻辑，它以交换为原则；也区别于词的逻辑，它以修辞为原则；历史逻辑则遵循可能性的原则。以诗歌的形式来展示历史逻辑的可能性原则，这里暗示了某种“诗歌”与“历史”的天然契约关系。诗歌——尤其是长诗——必须在历史的逻辑中才有可能重新找到自己的修辞方式、表意系统和象征体系。在这个意义上，《凤凰》具有了独特的症候性，它指向一种“大诗歌”的远景，这种“大”，并非简单意义上的体量庞大，而是指通过重新疏通诗歌、历史、哲学之间的通道——这些通道一度畅通无阻，却被现代这一装置幽闭——展示具体现实的生存图景。



历史逻辑因为暗合诗歌的可能性原则（正如亚里士多德所断言的），因此隐约具有了某种反抗的冲动，这种反抗既指向历史，同时又直指当下，但这种反抗似乎被卷入一种宿命式的失败之中，或者说，借助这种不断的反抗，历史反而建立起了更稳固的秩序，更空虚但是却更“辉煌”的世界景观——在第14节，我们不无悲哀地发现，那只一再想“一飞冲天”的“凤凰”最终还是变成了徐冰重量级的钢铁怪物：

> 空，本就是空的，被他掏空了
> 反而凭空掏出一些真东西。
> 比如，掏出生活的水电，
> 但又在美学的这一边，把插头拔掉。
> 掏出一个小本，把史诗的大部头
> 写成笔记体：词的仓库，搬运一空。
> ……
> 凤凰彻悟飞的真谛，却不飞了。

“凤凰”在茫茫虚空中神游一番后，再次一头扎进现实的世界。对于这种情况，拥有上天下地之力、拥有“人之眼”和“凤凰之眼”的大叙述者似乎也无能为力，他只是发出了一种意味深长的感叹：“这白夜的菊花灯笼啊，这万古愁。”这一声感叹似乎颇具古意，但有经验的读者立即发现，欧阳江河在此非常巧妙地挪用了两个重要的意象：一个是白夜，它是女诗人翟永明经营的一家酒吧的名字，而菊花灯笼则来自翟永明作于1999年的一首诗《菊花灯笼漂过来》，它们构成了一种现时性的对话，当古典的意境遭遇冰冷的现实雕塑之后，当菊花灯笼漂到CBD的铁流中，会是什么样的后果呢？除了“万古愁”，还有没有其他的可能？



如果将整部长诗视作一个整体，我觉得它的结构可以概括为“正—反—合”。第1—7节为“正”，以完全客观化的视角去描写现实，第8节以“漏”为核心，可视作是一个过渡段落，第9—14节则为“反”，以辩证法的方式勾勒历史的逻辑，并在这一过程中展示可能的维度。第15节则又可以视作为一个过渡，这一过渡段首先承接上文的历史叙述，“李兆基之后，轮到了林百里”，这是已经软下来的“铁的事实”，这一事实由地产商（李兆基）和电脑商（林百里）所构成，“鹤”变成了“凤凰”，历史的可能再次回归为不可能。[1]唯一存在于当下的只是“不朽”，其原因在于“没有人知道不朽的债权人是谁”，因为“不朽”没有主体，没有所属，所以它才能得以逃出时间和资本的控制。我觉得欧阳江河在这里遭

[1] 根据欧阳江河的描述：“徐冰最初的方案做的是‘鹤’，这源于他一次漫步中在近距离看到的鹤，在离开地面起飞的那一瞬间的姿态对他造成的内心感动和视觉冲击。他其实是想把这一瞬间在他心理上造成的视觉和灵魂上的深深感动，转化为具体的作品。……但是后来为什么放弃了呢？因为这个作品最初的订购者是李兆基，作品本身是他为北京的财富中心这一特定建筑物的‘订货’。而鹤这个对象，在语义、象征和符号层面，与买家八十多岁年龄有着相冲突的暗示——‘驾鹤西去’含有关于死亡和归天的暗示，最后迫使徐冰放弃这一创作计划。凤凰一开始并不是他的创作构想，但这个作品与资本的关系一开始就被固定了。这个现象本身非常有意思：最后迫使艺术家改变作品创作构想的，不是艺术品的形状以及视觉的语义设计等因素，而是由于象征层面的因素造成的——所谓事先规定好的神学假定：‘驾鹤西去’。”见欧阳江河：《“凤凰”的重叠意义》，《艺术时代》2010年第3期。

遇到了深刻的历史观的分裂，非常明显，他并不愿意停留在古典的“哀愁”传统中，所以只是以揶揄的方式发出轻微的喟叹。他愿意在当下为当下寻找出口。所以这一节虽然是过渡，却有复杂的纠缠在里面。一方面时间被命名为“不朽”，却又心不甘情不愿，害怕失去时间——“与不朽者论价，会失去时间”，于是他采用了一种看起来很奇特的方式——“对表的正确方式是反时间”。在美国作家菲茨杰拉德的小说《返老还童》的开篇，钟表匠制作了一个逆方向行走的大钟，于是时间成了“反时间”，这是对资本主义现代时间的一种诅咒和嘲弄。在《凤凰》中，历史的秩序已然无法通过“飞翔”来予以颠倒重置，那就只有通过“反时间”的方式固守在当下，并对当下给予一种“英雄般的赞美”。这就是第16—19节“合”的内容，这是一种波德莱尔式的赞美[1]，赞美的对象包罗一切，有当下性，有众人和个别人，有凤凰和鸟群，有火树银花，有天空和星星，总之——是“全体”：



一堆废弃物，竟如此活色生香。
破坏与建设，焊接在一起，
工地绽出喷泉般的天象——
水滴，焰火，上百万颗钻石，
以及成千吨的自由落体，
以及垃圾的天女散花，
将落未落时，突然被什么给镇住了，
在天空中
凝结成一个全体。

这“全体”是什么？

[1] 在我收到的《凤凰》第四次修改版中，第13节有一句：“这奥义的大鸟，这云中君”。这很容易让人联想起波德莱尔著名的《信天翁》。正是波德莱尔在《1846年的沙龙》中提出了“现代生活的英雄”。但是在《今天》版本中，“云中君”被换成了“云计算”。这是一个非常有意思的改动。

它可能是黑格尔的以资本主义精神为主导的历史景观。

它可能是被马克思所讨论过的不断重复的悲喜剧结构。

它也有可能是柄谷行人所谓的“资本—民族—国家”三位一体的资本体系。

它更有可能是一个杂糅的后现代事实：中国和世界同尘，资本与革命盟约，凤凰与人类合体，真实与虚假同一，可能与不可能反复轮回……

2013年3月25日

2013年3月26日改定

# 无法命名的“个人”
## ——由《隐身衣》兼及“小资产阶级”问题

我们时代的神秘性和准则，不是自我的解放和发展。我们时代所需要的，它所要求的，它将为自己创造的，是——恐怖！

（托马斯·曼：《魔山》）



长篇《春尽江南》出版之后，格非又发表了中篇小说《隐身衣》。这两部小说分享了一些共同的主题：失败的主人公，企图抗拒失败的努力，个人在这种失败中试图保持内在精神生活的尊严。这两部小说所透露出的一个总体信息是，格非试图把当下生活通过文学的形式进行问题化。这既可以视作格非作为一个已经被经典化了的先锋作家的一种自我写作的调整，也可以在更广阔的范围内视作中国当代现实对中国当代写作所提出的要求。中国当代现实是什么？不同的角度可以做出不同的回答，而对于写作者来说，一个最感性的判断就是，中国的当下充满了前所未有的复杂、暧昧和矛盾。这些既不是简单地“重新回到19世纪”所能够解决，也无法仅仅通过幻想的美学形式予以舒解。在这个意义上，当下中国更像一个巨大的问题系统，在这个系统里面，大问题套小问题，小问题生成更复杂的大问题，彼此环环相扣。真正有效的写作——相对于大部分无效的写作而言——应该以适当的形式进入这个问题系统，不是穷尽而是呈现某一个小问题，甚至是一个小问题的某一个侧面。在这个意义上，当代写作——具体来说是21世纪的写作——实际上在两个互相关联的方向提出了新的要求：第一，它要求作家不仅仅关心写作的内部问题，而是要把这种内部问题置于总体视野中来进行具体化，作家在这个历史时刻更应该成为一个问题作家；第二，它要求批评家成为一个提问者，他要根据历史的要求对写作进行更严格的提问，而进行提问的前提是，批评家必须是一个卓越的观察者和预言者，他对社会的总体判断即使不高于作家，也应该与作家保持同步。总之，我以为当下的中国文学和文学批评面临一个临界点，跨过去，写作就会超越“作品”的层面而上升到真正的文学高度；跨不过去，则我们都只能做一个一流时代的三流文人。

我把格非的《隐身衣》和《春尽江南》视作这一“跨越”努力的尝试之一，很显然，我接下来的读解是从批评的角度对这一努力的自觉呼应和互动。



## 一

《隐身衣》中的主人公“我”没有名字。作品中所有的重要人物都有姓名，但这个第一人称的叙述者“我”没有名字。他只有一个姓——崔。如何来称呼这个主人公，对于批评者来说有一定的难度。对一个人物的命名不是一件简单的事情，往往涉及对这个人物的身份认定、阶级定位等等。我不知道格非是否故意要留下这么一个“空白”，从而迫使批评家不能轻易放过这个人物。在小说的开篇，这个人是这么自述的：

> 你已经知道了，我是一个专门制作胆机的人。在北京，靠干这个勾当为生的，加在一起不会超过二十个人。在目前的中国，这大概是最微不足道的行业了。[1]

由此我们知道他是一个手艺人，但又不是那种非常常见的从事日常工作的手艺人，因为他说全北京从事他这个手艺的不会超过二十个

[1] 格非：《隐身衣》，人民文学出版社2012年版。以下引文未特别标注的皆出自该版本。

人，这是非常小圈子化的一门手艺（职业）。按照马克思经典的阶级理论，手艺人应该是说属于小资产阶级——拥有自食其力的能力和资本。但很明显，随着小说的展开，我们发现小说中的“我”溢出了马克思的经典定义。他曾经可以自食其力并有一定的经济能力，但是在小说叙述的此时此刻，他正在逐渐变成一个失败者。作品从一开始到最后一直在描写他不断遭遇失败的经验：被妻子抛弃，失去唯一的住所，租住姐姐的房子但又面临驱逐，找好友借旧厂房栖身被拒绝，不得已最后跑到荒郊野外去跟一个被毁容的女人住在一起。他基本上没有什么固定的收入，也没有什么社会地位。在小说中，他唯一的安慰来自于音乐：



有好几次，当那熟悉的乐音在夜幕中被析离出来，浮荡在那个北墙有裂缝的客厅里，我禁不住喉头哽咽，热泪盈眶。……无论我身处何地，无论我曾遭遇怎样的辛酸、孤独和屈辱，只要一想起我的AUTOGRAPH，想到她静静地倚立在客厅的墙角，在等着我的归来，我的心里总有一个确定无疑的声音在安慰我……

即使生产资料和个人的劳动力被一再剥削，并因为这种剥削而处于一种日常生活的困境，小资产阶级依然试图通过对精神生活的坚持而保存自我，并通过这种方式把自我从失败中拯救出来。精神生活——在《隐身衣》里表现为对古典音乐发自内心的热情——成为一种重要的保护系统，主人公“我”似乎试图通过这个保护系统来驱除现实的失败感。但问题是，如果作为小资产阶级的男主人公“我”在外部层面没有办法完成他的个人生活，他是否有可能在内部完成他的个人生活？《隐身衣》中的主人公“我”对古典音乐精通、敏感，且这种精通和敏感不是通过后天习得的，而是一种天性。“我”对音乐的热爱带有某种宗教式的热情，在最高潮的体验到来时，“我”可以不和外界发生任何关系。格非最近的创作持续关注这个问题，比如《春尽江南》里面的谭端午，他是一个对现实生活无能为力的诗人，最后他的方法就是选择做一个无用的人，以无用为师，苟全生命于尘世。也就是说格非试图提供一种可能：即使我们的外部生活已经一败涂地、溃不成军，至少我们还可以通过保持内在精神生活的完整性来获得自我、获得个人。

但是随着小说情节的缓慢展开，我们发现这种可能性越来越趋向于不可能。小说中有一个非常重要的情节，即，在各种努力失败的情况下，男主角“我”不得不把自己最珍爱的Autograph卖出去，以此来获得继续生活下去的保障。也就是说，我们的男主人公不得不通过不断地让度自己的“内在”（精神层面）来获得“外在”（现实层面）生活下去的可能性。



由此我们是否可以得出一个小小的结论，作品中的男主角是一个既不能在外部完成其个人生活，也很有可能无法在其内部完成个人生活的人，在这个意义上，他没有办法成为一个完整意义上的现代个人。如果从文学史的角度来考察，我们会发现，1980年代以来的整个当代写作有一个重要的主题，就是现代个人的生成和完成的问题。这种个人大概有这么几个类型，一是所谓的社会主义新人，如乔光朴、李向南，在他们身上，既有19世纪浪漫主义的大写的个人形象，也有“十七年文学”中高度政治化的个人的影子。他们代表了一种过渡，即通过浪漫主义的激情召唤出一个无害同时也富有政治实感的现代个体。在我看来，他们其实很有可能成为如约翰·克利斯朵夫式的资产阶级的新人，但非常可惜的是，这种可能性在1985年左右被终结了。另外一类是“存在主义式”的个人，其中最典型的有《新星》中的林虹和《波动》中的肖凌，在最开始，这一类人是作为“社会主义新人”的对比形象而出现的，但是在1985年的“现代派文学”和“先锋文学”的书写中，这一类人逐渐发展为主流形象，其特点是通过对历史和社会的无限质疑而获得自我的存在感，带有鲜明的20世纪现代派的美学特征。但是让人诧异的是，即使这样一种个人，似乎也没有得到完美的成长，对历史的质疑，对社会的拒绝姿态在1990年代的语境出现了让人惊诧的一幕——以安妮宝贝（同时包括卫慧、棉棉等）的书写为代表的矫情而虚伪的“伪小资”形象被媒体无限地放大和复制，成为1990年代以来最流行的关于“人”的主要想象机制。如果说上述的三种形象：社会主义新人、存在主义式的个人、“伪小资”形象——构成了1980年代以来文学书写的主要人物谱系。那么，《隐身衣》中的这个男主人公大概会在这个谱系的什么位置？从以上的分析可以看出，《隐身衣》中的“我”不属于这三种人物形象的任何一种，但同时又带有三种人物的一些特征。从作品中对“我”的历史溯源来看，他出身工人家庭，与乔光朴们有血缘关系；在另一个层面上，他面对社会时的那种无力感和自我放逐的欲望又带有存在主义的特点；他的生活目标，从某种意义上看，是指向安妮宝贝式的“伪小资”形象的，也就是说，如果历史不发生太多的变化，固定的收入、小众的手艺、稳定的家庭以及对音乐的热情完全可以支撑其一个典型的21世纪的“伪小资”个体。但是正如作品所描述的，历史发生了变化，现实开始急剧地偏离“我”的想象和规划，他变成了一个“失败”的小资产阶级，他没有办法完成一个“伪小资之梦”，他变成了“四不像”，无法归类但同时挑战了当代写作关于“个人”的想象。



## 二

《隐身衣》中的另外一个人物有一个很好听的名字——丁采臣。欧阳江河在《格非隐身衣里的对位法则》一文中说丁采臣可能是格非对当代文学人物谱系的一个贡献。这个说法值得讨论。但毫无疑问，相对于没有名字的主人公，丁采臣显然是一个有意思得多的人物，虽然他在作品中并不占据主要的篇幅。

直到小说叙述了三分之二，丁采臣才开始出现，他的出现带有神秘感。他首先是作为一种“故事”出现的——即有一种关于他的叙述。这种叙述看起来似乎很突然，但是正是这种突然性产生了陌生的效果。丁采臣这个名字也值得琢磨，它与1990年代流行的香港电影《倩女幽魂》中的男主角“宁采臣”只有一字之差，据格非的说法，这个名字确实来源于这部电影。如果要从人物谱系的角度来分析这两者的联系似乎非常牵强，作者的灵机一动似乎也很难进行逻辑分析，但是如果细细考究起来，就会发现这两者之间有某种暗合的“气氛”。《倩女幽魂》的背景是中国典型的“乱世”，其中有一句很经典的台词“人生不逢时，还不如做鬼”。这种“乱世”的背景其实也是小说《隐身衣》的一个潜在背景，小说中有一个令人印象深刻的细节：丁采臣和“我”一起在一个小餐厅吃饭，当丁采臣抽烟被小服务员再三阻止的时候：

“可是先生，不好意思，按规定，公共场合是不准吸烟的，希望您能配合。不好意思，如果您实在想抽的话……”

胖姑娘没能把话说完。因为丁采臣已经从椅背上风衣的口袋里，摸出一个黑黑笃笃的东西来，轻轻地把它放在桌子上。



那是一把手枪。

丁采臣那种瘦削而灰暗的脸，陡然间也变得失控起来。我知道“狰狞”这个词用得有些不太恰当，因为，突然浮现在他脸上的那片阴云，分明是一种不加掩饰并且在瞬间被放大了的痛苦，这种表情之所以令人胆寒，是因为我已经明显地感觉到，这个看上去显得病弱的人，眼看就要失控了。

这个细节给“我”的直接感受是：“虽然那把枪就在我的眼皮底下，我还是有点不敢相信这件事的真实性。”如果非要从真实性的角度来看，这个细节确实显得有些夸张。因为一个小餐厅的服务员不让抽烟，就掏出严禁私人拥有的管制武器手枪，这怎么都不符合丁采臣的身份。他显然是从事某种黑暗事业的能手，但这种人按照常理是不会轻易暴露自己的。但是就这个细节来说，他似乎有些迫不及待地要表露自己的恐怖力量。为什么会出现这种情况？

还是回到小说的叙述中来找答案。我们同样应该注意到，小说中的“我”对这个细节有一段非常冷静理智的分析，这种冷静甚至到了“斟字酌句”的地步——他觉得“狰狞”不太恰当，而应该是“痛苦”，这源自丁采臣自身的痛苦过于强烈。我们如果像小说中的“我”那样相信这种痛苦，同时也相信这种痛苦的“强度”，那么，一切就是可信的，这种“可信”不在于细节的可信，或者说，细节在这里只是一个放大的“症候”，通过这一症候，我们感受到的是小说中那种呼之欲出而又不停被压抑的黑暗和恐怖的氛围。而这一点，也许就是古代的宁采臣和现代的丁采臣之间的一个关联点，至少在这个关联点上，黑暗和恐怖成了一种超越时空的超能量。丁采臣也许正是在这种力量的压迫之下，才变得这么神经质般歇斯底里。

小说叙述到丁采臣的部分时风格为之一变，如果说在此之前小说还基本上在日常写实的层面进行，那么至此日常生活被“故事”推远，甚至被推到视野之外。这种推远，是通过某种“旅行”来完成的：

丁采臣的家，住在一个叫“盘龙谷”的地方。它位于平谷和天津的交界处，实际上已属于蓟县的地盘。我开车沿着阜石路，上西五环，然后经北五环转机场高速，在第三航站楼附近，盘上京平高速……差不多一个半小时后，我开始进入一条不长的隧道。……开始拐向人烟稀少的山间小道。在一个人迹罕至的三岔路口……我们沿着起伏的山路往东，又开了十多分钟，在一处高尔夫球场的附近，进了一个幽僻的盘山小道。



无限神秘的丁采臣现在就站在小道的尽头等候我们的主人公，“我”在旅行中越来越加深了对于环境和人物的不适应感，而这种不适应感，恰好就在于这种空间的区隔。对于“我”来说，这次旅行其实是非常短暂的，但是这种短暂产生了晕眩般的持久感，“我”在旅行中不断地有所发现，旅行的路线变得陌生，连景色也变得多姿起来：

秋天正在结束。山上的火炬树、元宝枫、黄栌、水杉之类，在寒霜中全都红透了。整个山峦铺锦堆绣，但它所呈现出来的色调，却并非单纯的红，而是一派夹杂着深紫、明黄和棕褐色的斑斓和驳杂。……北京的郊外，居然还有这么美的地方！

但是这么美的地方并没有在“我”的心中唤起美感，相反，却是一种另外的情绪：

除了惊叹之外，多少也会有一种无缘侧身其中的怅惘和愤懑。你不得不佩服有钱人灵敏的嗅觉。他们总是有办法在工业污染和垃圾围城的都市周边，找出一些风光秀美的残山剩水，并迅速将它据为己有。

在“我”的观看中，风景的“美感”被置换为现世的“价值”交换，而在对有钱人的埋怨中，明显潜藏着对于这种现实的经济秩序的不满，这恰好是一个小资产阶级的典型特征：他对现实不满，但却无法从意识的高度进行分析，不得不服膺于这种秩序。当离丁采臣、离交换的场所越来越近的时候，绚丽的风景渐渐被人造物的阴森恐怖所替换：



这幢别墅给我的第一印象，是它非同一般的私密性。……外面的行人不可能偷窥到室内的动静，可对于主人来说，不管你透过哪扇窗户朝外看，不远处苍茫的山林秋色，都仿佛近在咫尺。

这无限幽僻的路径，路径延长线上的荒凉郊区，在此突然出现的凌乱的建筑物，然后是隐藏在这些建筑物中的一幢可以窥视一切却可以逃避别人窥视的别墅。小说的“哥特气质”至此完全被展露出来，在这个里面出现的丁采臣也因此被烘托得如同一个黑暗中的潜伏者，他的住所，他住所周围的环境，他的歇斯底里，仿佛都成为他隐身衣的一部分，把他真实的一面牢牢地遮掩起来。丁采臣出现了：

一个四十出头的中年人。个子不高，有点瘦，看上去一副病恹恹的样子。窄窄的脸，络腮胡子，但并不显眼，眼睛很小，也很圆，在茶色的镜片后面挨得很近……甚至，他偶尔一笑，还略微带有一种矜持的羞涩。

但这显然只是一个表象，真正的丁采臣一直就隐而不见，他隐藏在一切可以藏身的地方，回避着光明和可见的那一部分，只有在拔出手枪威胁服务员的那一刹那，他的冰山一角才如吉光片羽一般闪过。

他藏身于恐怖之中而并不自知，而我们的主角——那个破产的小资产阶级“我”同样对此一无所知，他甚至爱上了这种恐怖，并以同一个毁容女人结婚的情节加剧了故事的哥特气质。[1]

因此，丁采臣是故事中的故事，正如老弗莱所言：所有的现实主义在本质上都是传奇。[2]我们也许可以反过来说，所有的传奇在本质上都是现实主义。或者按照卡特的说法：唯有故事——超越日常生活的故事，才会使我们感受到道德上的不安。[3]因为正是通过故事我们才能刺穿日常生活的表象，意识到恐怖和毁灭的力量与我们同在。

## 三

再回到我们的无名主人公“我”身上来。无名的“我”和有名的丁采臣之间构成了什么关系？这种关系在小说中意味着什么？



回过头去想想“我”和丁采臣的相遇相识，实际上起源于极其简单的理由，那就是基于实际利益的交换关系。这种交换关系并不带有强迫的性质，实际上，根据小说的叙述我们知道，是“我”主动选择了联系丁采臣开始进行音响交易的。在这个意义上，我们是否可以说，丁采臣是一个被召唤出来的对象，通过这个对象，交换得以实现，而交换实现的目的，是“我”的现实性的难题的解决。但非常明显的是，小说一再暗示了这种交换关系的复杂性。当丁采臣被召唤出来以后，“我”渐渐意识到，事情并不是按照“我”的想象来展开的，也就是说，交换关系一旦开始，立即自动成为一种结构，这个结

[1] 格非说他的小说有一点哥特小说的意味，欧阳江河在《格非的〈隐身衣〉中的对位法则》中也谈到《隐身衣》有哥特小说的元素在里面。哥特小说的一个重要主题是表现人类的恐怖、疯狂，因为激情而产生的畸形爱欲。如果把经典的哥特小说作为参照系的话，我认为《隐身衣》不仅仅是哥特小说，而且是一部反哥特小说，格非在借用哥特小说元素的同时，实际上拆解了哥特小说重要的元素。格非的《隐身衣》里面不是由激情导致的恐怖和爱欲，恰恰相反，是激情的溃散和消失，是一群没有创造力和想象力的人在制造恐怖。

[2] [加拿大]弗莱：《世俗的经典——传奇故事结构研究》，孟祥春译，上海人民出版社2010年版，第16页。

[3] 见[英]安吉拉·卡特：《〈烟火〉后记》，严韵译，南京大学出版社2011年版。

构，现在反过来制约甚至控制了交换的双方。不仅交换的性质变得不可控起来，连交换的内容也变得复杂含混起来。当“我”开车驶入郊区，在荒郊中发现了从来没有的风景的时候，这种交换暗示了一种空间的分割。交换首先是在不同的空间之中进行的，空间规定了交换背后是不同的权力和资本的运作，在这个运作中，“我”进入了丁采臣的空间，并在最后娶了那个空间中一个身体遭到毁灭的人。第二重交换由此展开，也就是身体的交换。丁采臣跳楼死亡（也许是一个编造的谎言？），而“我”则和那个毁容女子结婚生子，代替丁采臣完成了某种性的功能。一个事实是，“我”其实是现实婚姻的失败者，“我”的妻子背叛了家庭和爱情，但是，通过与丁采臣的交换，“我”重新获得了婚姻和爱情，这种婚姻和爱情看起来不可思议但又比真实更加让人向往。交换在这里暂时拯救了“我”的失败。在第三重意义上，是丁采臣的死亡和交换的关系，丁采臣的死亡是一开始就预定的，他一出场即暗示了他是一个亡魂，他所具有的功能性作用就是让交换关系得以进行下去。这种交换最后以一种极端的方式出现：丁采臣死后的某一天，他欠“我”的那部分钱一分不少地汇到了我的账户上——死亡并不能终结交换关系。在这个意义上，虽然交换是被召唤出来的，但它依然成为主体，而“我”和“丁采臣”不过是它的对象而已。这种主客体的颠倒恰好是资本逻辑在全球化语境中最精彩的隐喻。



想象一下主人公“我”启程去开启这个交换魔方时的心情，在忐忑中带着憧憬，在失意中潜伏着希望，他肯定没有预料到将要展现在他面前的一切。但是当交换以不可逆转的方式成为一种控制的自动程序时，他选择的只是随波逐流，他通过他的眼睛观察这交易之行程，并一一呈现其内部的冷漠和残酷。在“我”的故事没有与丁采臣的故事相遇之前，日常生活就像卡尔维诺所谓的“玻璃罩子”——它同时也是真实有效的隐身衣，它让我们看不到内里的真实，而当我一步步深入，并以故事来交换故事的时候，我们发现，隐身衣不见了，隐身衣在交换中慢慢褪去。在这个过程中，“我”完成了一个表面的“找寻”故事和一个内在的“成长”故事。表面上的找寻故事是指，“我”以失去开始——失去爱情、亲情、友情和居所，但以得到而终结——得到爱情、亲情和居所，甚至得到了子嗣。内在的“成长”故事建基于这个“找寻”的故事，我通过加入到这个不朽的交换关系中，变成了“交换”这个永恒秩序中的一枚棋子。这个成长是不可逆的，最后的二十万元自天而降，意味着交换关系永不会终结，而“我”必须为这个交换关系随时待命为一个具有“商品价值”的人。“成长”的故事在这个意义上击败了“找寻”的故事，或者说“成长故事”再一次证明了“得而复失”不过是一场表面的“隐身衣”，资本显示了不可逆的运作模式，没有人能破解并最终逃离这个程序。这和《黑客帝国》里面的救世主者尼罗的遭遇相似：他一路拼搏到最后，却被告知他不过是整个程序设计中的一部分，为的是来试验大程序的防御功能。



## 四

但这显然并不仅仅是一个“故事”，或者说，这个“故事”有其极其具体的历史起源。小说主人公“我”大概出生于1950年代末1960年代初，出身工人家庭，1979年高中毕业，分别从事过裁缝、店员等职业，在此期间上过一年多的“夜大”，在1990年代中后期，凭借做音乐胆机的手艺一度“发家致富”，买了房子，娶妻生子，收藏有价值不菲的高端音乐器材。然后形势急转直下，生意清淡，婚姻危机，一步步滑向失败者的人生。这似乎是一个中年男人不可避免的人生之路，隐约有“声有哀乐，世事无解”的命运的定数。但细细想来，又似乎全然不是如此简单。“我”的这大半生经历不也正好是中国当代史的一个横截面吗？在命运的渊薮后面，似乎藏有历史的幽灵。

在这个意义上，我们似乎有必要再次回到本文的第一部分，来追问“我是谁”背后的政治经济学。“我”首先是工人阶级的儿子。这是一个特殊性，因为从起源开始，作为工人阶级的“弃子”的“小资产阶级”就已经区别于“伪小资产阶级”——后者完全是一种西方中产阶级的想象，“指向一种与‘白领’梦想相关的生活方式和生活态度”[1]。中国的小资产阶级的特殊性就在于他源自工人阶级（同时还有一部分源自于农民阶级）但同时无法成为工人阶级。小资产阶级生成的过程同时也是另外的阶级遭到遗弃的过程，这种遗弃不仅表现在现实消失的层面，更体现在文化的领导权的转移上面。当小资产阶级的父辈们逐渐丧失文化领导权和发言权的时候，谁来领导文化？答案似乎是小资产阶级。李陀在他的论文《中国的小资产阶级问题》中谨慎同时富有预见性地提出了这种问题：“在今天，文化领导权在很大程度上已经转移到新兴小资产阶级的手中。”[2]但是如果从历史角度做一个发掘，我们就会发现一个微妙的位移——“文化”内容已经发生了巨大的变化。在《隐身衣》中，如果说“我”是个小资产阶级，这个小资产阶级认可的文化的最典范形式应该是“古典音乐”，但是很明显的是，这种文化已经遭到了篡改。古典音乐所代表的精英式的文化已经被流行音乐所代表的流行文化（工业文化）颠覆并代替。这也正是小说《隐身衣》中“音乐”所具有的政治隐喻。音乐不仅仅是一个个人的趣味问题，它更是关涉到中国小资产阶级对于这个世界的想象和规划。因此，音乐的贬值背后是这种想象和规划的失败。



这种失败是一种小资产阶级对于另外一种小资产阶级的失败。需要注意的事实是，1980年代以来的中国历史生成了两种不同类型的小资产阶级，“有历史”的小资产阶级和“脱历史”的小资产阶级。这种分化在本质上基于他们对历史抱有完全不同的态度。对于像“我”这样的小资产阶级来说，很显然，他希望对历史有一个明确的交代，并表达了某种重塑历史的冲动，这正是小说以大篇幅来描述我的“过去”的用意之所在。但是吊诡的是，这一部分历史在最关键之处都是一片悬疑，是放弃这部分历史还是坚持自我的记忆？分化在这里产生，以虚无主义态度来面对这段历史的人构成了“脱历史”的小资产

[1] 李陀：《〈波动〉序》，牛津大学出版社2012年版。该序又以《“新小资”与文化领导权的转移》之名发表于《天下》2012年第3期。

[2] 同上。

阶级的意识形态。很显然，肖凌、林虹、谭端午都属于前者，而1990年代以来的大众文化则汲汲用力于塑造后者。

相对于“脱历史”的小资产阶级借助新媒体的力量所产生的意识形态功能，“有历史”的小资产阶级在当下中国遭遇到了失败。这种失败是多重的：历史的记忆已经遭到篡改，父辈的旗帜已经被遗弃；在心理的层面，威权的禁锢让“有历史”者面临精神分裂式的紊乱；现实层面则是无法摆脱的剥削和压迫，1990年代以后的资本进程完全摧毁了小资产阶级最初的乐观（经济上的小康和文化上的自足），这正是丁采臣之于“我”的意义，他营造了经济和文化上的双重恐怖，“我”在这样的恐怖中不得不进行自我的规训和调整，并把对历史的质询转化为对现实的认同：



如果你不是特别爱吹毛求疵，凡事都要去刨根问底的话，如果你能学会睁一只眼闭一只眼，改掉怨天尤人的老毛病，你会突然发现，其实生活还是他妈的挺美好的，不是吗？

“有历史”、想担当的小资产阶级向“脱历史”、去担当的小资产阶级投降了，这才是真正的失败。这个失败触目惊心，它意味着中国的“小资产阶级”已经完全被去势化了，并把“个人”心安理得地安置在日常生活的隐身衣里：“使得他们成为小资产阶级代表人物的是下面这样一种情况：他们的思想不能越出小资产者的生活所越不出的界限，因此他们在理论上得出的任务和做出的决定，也就是他们的物质利益和社会地位在实际生活上引导他们得出的任务和做出的决定。”[1]这是小资产阶级面临的历史困境，即使有如此完美的极端道德犬儒主义和历史虚无主义的隐身衣，小资产阶级依然是一个无法被命名的暧昧存在。在最后我不得不再次提醒，“我”是一个没有名字的人，是一个在故事和历史的尽头依然需要为自己的命名权进行奋斗

[1] 马克思：《路易·波拿巴的雾月十八日》，见《马克思恩格斯全集》（中文版第8卷），人民出版社1961年版，第152页。

的一个阶级的一员。

因为放弃了历史的人也就放弃了自己的姓名。

2012年7月24日 于合肥望湖城

2012年11月10日再改

# 从小资产阶级梦中惊醒
## ——张悦然《家》[1]中的历史意识和主体想象

我于2009年年底读到张悦然的短篇小说《家》，这部作品让我觉得很陌生。和以往的作品相似，《家》讲述了一个小资产阶级青年女性的故事，但让人惊讶的是，她没有止步于这个故事，而是花了同样的篇幅同时写了一个小保姆的故事，后一点和她的经验以及生活似乎格格不入。我当时的第一反应是：她是否在投机取巧？企图借助一个所谓的“底层故事”来改写她“青春文学”的形象。但是我随即对自己的这种判断产生了怀疑，我不能这么简单地去理解一个具有强烈自我意识和写作意识的作家，也就是说，我不能用一贯的对张悦然的阅读习惯来看她的新作品。在以往的作品中，我们总是能很容易地读出张悦然的那种气息（瑰丽的语言、压抑的叙述和有些刻意为之的故事），并能够非常顺利地把自我放置到故事和情绪中，找到一种轻易的阅读的“放纵”。但是这部作品展现了不一样的东西。在接下来的时间里，我一再重读这部作品，那种初步阅读时候的“孤立无援”的语境渐渐得到了改变，我甚至为它在文学史的经典谱系中找到了一些可以与之呼应、互写的作品，如巴金的《家》、鲁迅的《伤逝》、张爱玲的《倾城之恋》等，我为自己的这些阅读发现而暗自窃喜。事实一再证明，任何一次可能毫无目的的写作实践，只要它真实地表达



[1] 张悦然：《家》，见《鲤·逃避》，张悦然主编，江苏文艺出版社2009年版。

了主体的欲望和困惑，就能在不同的社会空间里面得到互动和回应。我相信张悦然写作的真诚可靠，我认为她遇到了难以解决的困惑和问题，通过《家》里面的叠加的双重故事，她企图向她的同时代人提出这个问题，并寻求解决的路径。而我的目的，也就是希望通过对《家》的解读，加入到这一思考中去，我们究竟碰到了什么难题？我们是否有解决的出路？

## 一　“家”的意识形态

裘洛、井宇和一只猫组成了张悦然笔下的“家”。这个家充满了小资产阶级的情调：



她在床上躺了很久。知道时间差不多了，才套上睡裙，到客厅里打开音乐，走到窗边，按下按钮，电动窗帘一点点收拢，她眯起眼睛……然后洗澡，用风筒吹干头发，煮咖啡，烤面包。

十点钟，她来到超级市场。黑色垃圾袋，男士控油清爽沐浴露，去屑洗发水，艾草香皂，衣领清洁剂，替换袋洗手液，三盒装抽取式纸巾，男士复合维生素，60瓦节能灯泡，A4打印纸，榛子曲奇饼干。结算前，又拿起四板五号电池丢进购物车。

12点，干洗店，取回他的一件西装、三件衬衫。

12点半，独自吃完一碗软猪骨拉面，赶去宠物店，5公斤装挑嘴猫粮，妙鲜包10袋。

下午1点来到咖啡馆。喝完一杯浓缩咖啡，还是觉得困，伏在桌上睡着了。

裘洛和井宇的“家”具有某种现代的品质，这不仅是指这个家庭的日程表、消费程序具有典型的现代大都市的特征，也指这个“家”与传统家庭结构之间的区别。首先，这个“家”是没有婚姻来予以保障的，文中交代裘洛和井宇在一起生活了六年，但是并没有结婚。也许结婚与否都不重要，重要的是提供了这样一种信息，即裘洛和井宇的“家”更接近于同居生活而非婚姻生活，他们只是组建了一个简单的共同体并保持有各自的个体性。其次，这个家没有孩子。一个事实是，在中国人的传统观念中，“家”必然与生育相关，也就是说必须有父母子女才构成一个完整意义上的家，但我们发现，在袭洛的“家”里，是没有子嗣的，猫代替了子女的角色。有意思的是，袭洛本来是有可能完成一个合法家庭的，小说中提到了袭洛的好友袁媛，她曾经是一个和袭洛趣味相投的女性（比如她们都喜欢伍尔芙），现在拥有了稳定的家庭生活。但是在袭洛的想象中，这种生活值得怀疑：“袁媛大概正在陪女儿搭积木，或者是在训斥新来的第四任保姆，又或者是继续与婆婆争论上私立幼儿园还是公立幼儿园。所以就算下午见面的时候记得这件事，伍尔芙也不会成为她们的话题。永远不会了。”在袭洛决定离家出走前，她约见了袁媛，也就是说，她在犹豫是否可以通过学习袁媛的生活方式来摆脱目前的困境，但是她立即发现此路不通。当袭洛看到袁媛抚慰自己的女儿的时候，她想到的是：“这个小女孩知道她妈妈的双眼皮是割的吗？当然不知道……这个世界从一开始就在说谎了，连母亲，也是谎言的携带者。……”



不想成为母亲，同时也就是不想成为一个合格的妻子。也就是说，袭洛主动选择了具有现代性质的“家”来安置自己的生活。作为一个热爱伍尔芙、渴求内心精神生活的人，她试图通过这种生活来保存其自我。但是让她觉得不安的是，她越来越意识到自己所处的不过是另外一种“虚假的生活”，这种生活由于其所具有的“物化”特征而产生一种异常的疏离感。正如我在上面大段的引文中所能看到的，女主角从早九点到晚九点的生活都被安排在刻板的日程表上，与“物”打交道构成了个人生活的全部，人由此也变成了一个“物”，生活仿佛不过是冷冰冰的机械操作。我特别注意到的是张悦然在叙述这种生活时候的语调：机械、冰冷，没有任何热度，与女主角的内心情绪形成同构。

我想指出的是，袭洛的这种生活具有某种典型性。在中国的大都市中，这种小资产阶级的“家”比比皆是。它们构成了中国现代生活最重要的一部分，并在一定程度上呼应着全球资本主义时代的普遍性生活模式。萨义德曾指出这种现代生活方式的蔓延所提出的重要挑战：“无子嗣夫妇、孤儿、堕胎，以及不继续繁育的独身男女，以不同寻常的坚忍聚集在这个高度现代主义的世界上，所有这一切都说明了嫡属性的困难。然而，在我看来，同样重要的还是随着这模式的第一方而直接产生的第二方，即产生不同的构想人类关系的新方式的压力。……那么，男人和女人还有什么别的方法能够创造出相互的社会关系，以替代那些把同一家族成员跨越代际连接起来的纽带呢？”[1]

对于《家》中的女主角来说，她在其潜意识里面其实有这种重构的焦虑。企图通过对自我所处的“虚假生活”进行反思，来获得真实的存在感。这是裘洛在小说的开篇就计划“离家出走”的主要目的。而在这个目的之后，她其实是在试图重新对自己的生活进行定位，这里面就必然包括了萨义德所提到的重构人类关系的新方式。也就是说，裘洛对于自己和井宇的这种关系，对于自己和袁媛的这种关系，甚至对于自己和保姆小菊的这种关系都是不满意的。离家出走，也就意味着把自己从这些关系里面解放出来，重新塑造主体，并构建一种更新型、真实、有效的关系。通过“出走”或者说“逃离”来获得新的内在和外在，在这一点上，张悦然的写作与西方现代主义的主题[2]联系在了一起。加拿大作家艾里丝· 门罗有一篇非常著名的短篇小说即名《逃离》[3]，故事讲述一位年轻的已婚女性因为不堪忍受平庸的日常生活而离家出走，却半途而废，重回家庭。门罗的写作是否构成了张悦然的经验，这是另外需要探讨的话题，这里需要指出的是，现代家庭已经构成了一种普遍的情境，这一情境成了另外一套压迫和束缚的机制，对于它的反抗，因此也呈现出了同构性。



---

[1] [美]萨义德：《世界・文本・批评家》，李自修译，生活・读书・新知三联书店2009年版，第27页。

[2] 陈晓明通过对西方现代文学写作的逻辑演变进行观察，认为“逃离”是“西方文学的一个内在经验”。这一观点颇为独特。见陈晓明：《汉语文学的“逃离”与自觉》，《当代作家评论》2012年第2期。

[3] [加拿大]艾丽丝・门罗：《逃离》，李文俊译，北京十月文艺出版社2009年版。

但更让人感兴趣的不仅是这种空间轴上的主题互文，而是该主题在中国现代文学时间轴上的延续和变异。重构社会和主体之间的联系，是中国现代文学的重要主题之一，巴金的《家》从旧式传统家庭里面“逃离”，是为了构造一个具有启蒙意义的现代个人主体，而鲁迅的《伤逝》则证明了这种现代主体重构的困难重重。也许我们可以把鲁迅的《伤逝》作为张悦然的《家》的一个前文本来进行比较阅读，我们发现，张悦然的“家”的构成其实很像鲁迅的《伤逝》，子君、涓生和一条狗（唯一多出来的是充满了反讽感的4只油鸡）构成了20世纪初“五四式”的“家”，而裘洛、井宇和猫构成的是一个21世纪的“家”。很显然，这两个家位于不同的历史坐标。在《伤逝》中，“家”的建立依托于启蒙话语，在“我谁都不是，我只属于我自己”的个性解放和个人奋斗的召唤结构中，子君和涓生通过“家”宣示了自我的主体地位，并与社会形成对立的关系。但鲁迅以难得一见的伤感叙述反讽了这种“个人奋斗”的虚幻性，即使这种虚幻性促成了一个更具内面和自省意识的现代自我的生成。也就是说，在鲁迅的那个历史时刻，如何通过社会结构的解放来真正解放个人，并建立一个自足的、个人有所依附的“家”是目的，是社会解放的一种指向性的诉求。《伤逝》虽然以家的失去为结局，却包含了对这种“家”的重建的渴求和愿想。而在张悦然的历史坐标中，个人解放和个人自由已经成为一种内在化的社会话语，并在社会结构中成为一种自动的历史程序。因此，这个“家”恰好是这种话语无限膨胀和无限自动化的结果之一，好像对于生活在21世纪第一个十年的我们来说，选择这种“家”来安置自己的生活是一种宿命。也就是说，这种小资产阶级的家可能是鲁迅那个历史时刻的终点，却是我们这个时刻的起点。但历史的吊诡之处在于，无论是起点还是终点，那个我们一再诉求的真实的个人解放却一再从我们的身上被阉割，因此，从鲁迅的“家”到张悦然的“家”，虽有不同的问题应对，却不得不分享共同的幻灭之感。这似乎是历史的一个恶作剧。

对个人解放的期待曾促使鲁迅提出了“娜拉走后怎么办？”这样

的疑问。鲁迅的回答是，可能还是要回来吧。事实是，娜拉确实回来了，但是回到的不再是那个古老的巴金式的“家”，因为这种家的社会基础已经不复存在，她能够回到的，可能也就是像裘洛这样的一个小资产阶级的家庭吧。在这样的家里，历史的负担和现代化权力结构被交叠在一起，虚无和乏力因此是也是双倍的。女主角裘洛不得不再次选择“逃离”，这一次后革命时代的出走很显然没有那么多的戏剧性的冲突，“提起行李箱”就可以消失在人海之中，但是，一个小资产阶级主体要逃离自己的历史位置和历史结构，同样不是一件容易的事情。



## 二 “空间”的并置

在裘洛准备离家出走的前一天，井宇正好升职了。小说是这么描述的：“或许因为经过了那么久的努力终于如愿以偿，整个人忽然松弛下来。”对于裘洛和井宇而言，“升职”都是一个很关键的节点，在这个节点上，裘洛毫无疑问强化了对当下生活的不信任，而井宇，正如小说随后所叙述的，他其实也在这一“升职”中看到了生活的虚伪。这究竟是一种什么样的生活，让裘洛和井宇都受到了如此强烈的刺激？小说通过一个场面为我们揭开了谜底。这个场面发生在井宇的上司老霍的别墅里面，这是一个充满了虚荣和伪饰的空间：

欧式洋房，有那么大的私人花园，夜晚安静得让人不觉是在人间。一屋子的古董家具，各有各的身世。比祖母还老的暗花地毯，让双脚落地都不敢用力。所有的器皿都闪闪发光，果盘里的水果美得必须被画进维米尔的油画，再被罗浮宫收藏，她端着酒杯的时候心想，还从来没有喝过那么晶莹的葡萄酒。女主人用空运来的龙虾和有灵性的牛制成的牛排盛情款待，饭后又拿出收藏的玉器给大家欣赏。

请读者原谅我这么大段地引用小说的原文，在我看来，这段描写和其描写的对象一样空虚，我甚至认为在这段过于夸张的描写中隐藏了某种嫉妒的成分，因过分的嫉妒同时又产生了反讽。我想这正好恰当地体现了裘洛的矛盾心理，一方面，她和所有爱慕虚荣的小资产阶级一样，对这样奢华的生活充满了向往和渴求，而另一方面，她同时也意识到“她在憎恶一种她渴望接近和抵达的生活”。这种渴望和抵达，不仅是她的，同时也是井宇的，“为了维系辛苦的工作，他必须全神贯注并且充满欲望地看着这个目标”。

这里饶有意味的是两个空间——裘洛的家和老霍的家——的并置。这意味着什么？在小说的情节安排中，很显然，这样一个空间的出现加速了故事的推进，因此它是故事逻辑中必不可少的一个环节。但更重要的意义显然不在于此，而在于这种空间设置的背后所呈现的社会结构。法国社会学家亨利·勒菲弗曾指出社会空间与资本主义生产关系之间的紧密关联。在他看来，现代资本主义不但在进行物质产品的再生产，更重要的是，在物质生产的同时还得进行社会生产关系的再生产。空间是社会生产关系再生产的最重要场所。资本主义正是通过对空间的规划和安排、分割和等级化，赋予不同的空间不同的功能和权力，正是在这个意义上，空间是一种有差别的、政治性的社会产品。[1]从这个角度来看，裘洛的家和老霍的家处于社会关系不同的等级之中。裘洛进入老霍的别墅里，其实是从一个低等级进入了一个更高的等级，在这样一个更高等级的空间里，正如我在上文分析的，裘洛和井宇遭遇到了心理上的挫折。这种挫折表现在各种方面，一方面是物质的，是出于小资产阶级对于物质的欲求不满；一方面是精神的，这种精神在一些层面上表现为一种自我保护，而在另一些层面表现为对物质的超越；而最重要的是，裘洛和井宇以一种发自内心的敏感意识到了这种资本等级制度作为一种压迫体系的可怕。我至少在两个作品中读到了类似的场景：一个是蒋一谈的《林荫大道》，贫寒的博士夫妻偶然进入到一座豪宅中，他们的心理被巨大的物质损伤；另外一个是马小淘的《毛坯夫妻》，同样是年轻的男女主角被邀请到一座别墅中参加同学聚会，对物质的渴求和对这种渴求的抵抗同时成为



[1] 参见[法]亨利·勒菲弗：《空间与政治》《资产阶级与空间》，上海人民出版社2008年版。

主要的心理活动。这可能是发生在当下中国最惊心动魄的一幕，在资本作为不朽的债权人[1]的运转逻辑中，使个人得以成为个人的一切话语和想象都变得脆弱和无力，最终，变得虚幻起来：

他们第一次从老霍家出来，她问了井宇，是不是将来做到老霍的职位，也能住上这样的房子。……井宇说，是吧。他迟疑的，不是自己的前途，而是这栋房子的不真实。但作为一个奋斗目标，它又是那样真实。

这是一段矛盾又纠结的叙述，或者说，裘洛和井宇这一对小资产阶级青年在一个巨大的物质资本的时代意识到了一个充满悖论的现实：个人奋斗被认为是实现个人价值的最有效和最合法的途径，但是，因为目标已经被无限地欲望化和无限地膨胀，个人奋斗变成了一个西西弗斯式的被悬置了的空洞所指。目标强化了过程的神圣感，但是当目标变成了一个不真实的存在的时候，过程也就开始失去其意义。裘洛和井宇一度的理想是，通过个人奋斗过上像老霍一样的生活。这是一个从小资产阶级向中产阶级或者是比中产更高的一个阶层（暂时我们似乎还找不到合适的词语来对这一阶层进行定义，或者可以借用《格调》[2]中的划分，属于中上阶层）进行转化的过程。但是现在裘洛意识到了双重的虚妄，目标的虚妄和这样一种目标所代表的生活的不可信任：

这位女主人，和那些旧式生活家具一样闷骚，仿佛是为这幢房子度身打造的。落地灯的光线像条狗那样懂得讨好主人，把她照得生出圣母的慈光。后来在咖啡馆撞见过她，裘洛才觉得心安，原来她的粉底涂得并不是那么均匀，也无法彻底盖住在时间里熬出的褐斑。

空间的并置在揭示社会结构的同时也产生了戏剧性的效果，这一



---

[1] 此句引自欧阳江河的长诗《凤凰》，见《今天》“飘风”特辑，2012年春季号，香港中文大学出版社。

[2] 参见[美]保罗·福塞尔：《格调》，梁丽真等译，中国社会科学出版社1998年版。

戏剧性是撬开日常生活秩序的重要工具。“资产阶级提供了成千上万种让你摆脱资产阶级世界的手段，而实际上没有人能够从中逃脱。我们从来没有走出或者摆脱现实，只有一种脱俗的反映。它具有一种更巧妙地让我们安心呆在此处此地的功能。”[1]通过对这种戏剧性场景的描写，男女主角在当下的困境被呈现出来，而这种呈现建基于对内心的逼视。裘洛又迷恋又憎恨的复杂情感是当下中国小资产阶级男女对于资本的典型的心理写照。不过，在这种矛盾交织的心理结构中，唯一让人觉得宽慰的是精神性的自我却一直固执地存在，虽然有时略显刻薄（比如嘲笑女主人无法遮掩的褐斑）。这是主体逃离的心理基础。



## 三 “主体”的置换

故事的发展出现了意外。第一意外是，井宇也遭遇到了裘洛同样的困境，并在互相不知情的情况下同样选择了逃离。这个时候，故事的视角突然发生了变化，从小资产阶级女性裘洛转移到了农村来的小保姆小菊身上。正如我在文章的一开始就提到的，小菊的故事乍看有些突兀，在一个充满小资情调的叙述中突然来一段底层叙述，怎么看都有点疙疙瘩瘩，但这正是这个短篇小说的张力之所在。在第一部分故事里，裘洛作为一个叙述者与作者的声音其实并无二致，他们似乎就是同一个人，但是在小菊这里，叙述者与作者完全分开了，这么做提供了一个更理性的、更有抽离感的视角，只有在这样的叙述视角里面，裘洛的“离家出走”才不至于变成一个感伤的青春故事。从叙事学的角度来看，小菊的故事撑开了一个充满惊讶感的叙事空间。

在裘洛的眼中，小菊毫无疑问是缺乏教养的另一类人：“小菊初来的时候，她简直有些受不了。是一种草的味道，是干硬的粮食的味道，是因为吃得不好，缺乏油水儿散发出的穷困的味道。”虽然，小菊后来在城里待久了，这些味道没有了，甚至在裘洛这里“学会做

[1] 刘怀玉：《现代性的平庸与神奇》，中央编译出版社2006年版，第56–57页。

比萨、芝士蛋糕和曲奇饼干，也懂得如何烧咖啡，开红酒”，但这些并不能改变她的身份属性，“袭洛不知道，这些花俏的技能，是否有一天，小菊真的能够派上用场”。在袭洛眼中，小菊始终不过是一个爱占小便宜、做事偷懒的乡下姑娘而已，袭洛不可能有变成小菊这种主体的欲望。但吊诡的是，在袭洛离家出走之后，却正是这个她看不起的小菊代替了她成为空房间的主人。小菊成了袭洛的替代者。她不仅帮助袭洛打扫房间，喂养小猫，更重要的是，她成了井宇倾诉的对象，井宇的每一封信现在都必须通过小菊的阅读而获得意义。意义通过一个替代的“主体”得到了释放。在这样的情况下，小菊难道不就在慢慢变成袭洛吗？更重要的是，在袭洛的叙述让位给小菊的叙述之后，小菊的形象明显变得丰富和开阔起来，她生机勃勃，周旋在丈夫和中介人之间，在不同的空间之中挪移，并在阅读井宇的来信中开始思考婚姻、自由、爱情等小资产阶级才可能纠缠的问题。通过小菊，袭洛获得了“在场感”，她离开不过是为了让另外一个主体粉墨登场，主体的置换在这里似乎获得了可能，小菊最后几乎忘记了这个房间的主人是袭洛而不是她：



她快活地迷失了，觉得自己好像不是在一个陌生的房间里等自己的男人，而是在自己的家里期待着一个陌生的男人按响门铃。

作为小资产阶级的袭洛发现了生活的虚无之后，她面临两种选择，一是依靠个人奋斗成为一个更中产、更虚荣的主体；一个是离家出走，让另外一个主体来代替她，以此获得“新”的生活。她放弃了前者而选择了后者，但这种置换是否就是一种完美的出路呢？而且谁能够预料到，当小菊成为那个空房间的女人后，她不会面临袭洛同样的困境呢？离开这样一个小小的“家”（暂且不管小菊是否已经成为另外一个袭洛），是否就能够挣脱资本主义的生产链条，完成个人真正彻底的自由解放呢？

这里面的“进/出”值得探究。对于袭洛来说，她“出去”意味着她离开小资产阶级的情境，对于小菊来说，她“进去”意味着她有可能从一个农民的身份意识慢慢转化为小资产阶级的身份意识。如果将这种“进出”理解为一种交换的隐喻，我们是不是会得出一个非常悲哀的结论：资本主义正是通过这种不停的交换来获得其社会生产关系的复制和增殖。在这个意义上，小菊是无比庞大的小资产阶级的后备军中的一员。资本主义设置了一个情境，这个情境就是袭洛的家和老霍的家这样的社会空间，所有的人都不得不生活在这个情境以及作为这个情境的配置情境中。小菊进入袭洛的家也许不仅仅是充当一个“替换者”的角色，同时她也是一个“象征”的角色，也就是说，一旦某个主体因为各种原因离开这个情境，小菊作为一个象征物就被召唤进行来行使其功能。



## 四　回到历史的现场

无论多么牵强，张悦然还是安排了袭洛和井宇的双重出走。这是非常有深意的，如果是袭洛一个人的出走，这个故事可能就会停留在女性解放的书写传统中，但《家》要解决的显然不仅仅是女性解放的问题，而更是中国当代青年的选择和出路问题。同为1980年代出生的一代人，我们和袭洛、井宇面临的共同问题是，我们用何种方式来处理个人与日益“规定化”生活情境之间的关系？选择逃离——而不是更具有冲突感的反抗、抗争——实际上意味着我们不过是以一种更温和、更无害的方式来有限度地调整个人与社会之间的关系，这种方式的选择，大概也就是体现了小资产阶级的“妥协”和“软弱”吧。

在我看来，这种妥协性非常突出地表现在小说为这两个人设计的出路上，那就是，他们出走后正好发生了汶川大地震。通过井宇的来信我们知道：“听到地震的消息，就觉得可以到四川去。前几天去了一个受灾最严重的镇上帮忙。”而小菊也在电视里播出的志愿者医疗救护队中看到了一个和袭洛长得很像的人，虽然她不敢肯定，但她越来越相信，那个人就是袭洛。也就是说，井宇和袭洛在“离家出走”之后都选择去了四川地震现场，做一名志愿者。这是一个非常有意思的情节设置，或许在这样的故事设置中，有张悦然“世故”的一面，毕竟，去地震的灾难现场比去任何别的地方更有历史意义。但也正是在这一世故的细节设置中，我们发现了“个体解放”的一种可能和限度。在张爱玲的《倾城之恋》中，一个城市（香港）的沦陷成全了一场爱情，宏大的历史与渺小的个体就这样以一种扭曲的形式纠缠在一起，而在张悦然的《家》中，我们是否也可以说，一场历史的灾难成全了无数个体解放的渴望。井宇在信中说：

每天听到最多的词，就是“生命迹象”。这个词总是能够让我兴奋，仿佛抓住了生活的意义。说起来真好笑，其实也帮不上什么忙，可是在这里，每天到处奔忙，随时处于一种要帮忙的状态里，就觉得浑身都有力气。



分析这一段话很有意思。“生命迹象”对应的是“物化生活”，“生活的意义”对应的是“生活的虚空”，“要帮忙”和“浑身都有力气”对应的是以前的刻板的“小资产阶级的生活”。也就是说，地震提供了这样的一个历史现场，在这个现场里面，个体突然意识到自己的主体性和真实的存在感，他们不再是躲在空房间里面的可以被随时替代的虚假的主体，他们也不是被日程表和物质符号所控制的“单向度的人”。现在，他突然有了“强烈的倾诉欲”，并关心起以前忽视的“他者”，在井宇的信的最后，他说：“对了，忽然想起，在咱们家干活的小菊，就是四川人。不知道她的家人都平安吗？代我问候她。”这个结尾包含有某种“大和解”的意味，通过一个灾难性的事件，所有的人开始握手言和。但与一般的和解不同的是，个体在和解中一直处于强烈的反思和不安中：

我说到做乡村教师，来这里当志愿者，你大概会取笑我。我们都不是那种一腔热血的人，也没有泛滥的同情心。……这里的志愿者像蝗虫那么多，我不知道他们是否也和我一样，是抱着自救的目的而来的。

井宇的这番坦率自白表明了“回到历史现场”式的拯救的限度，个体的解放现在不可能再附着于各种宏大的叙事了，那些宏大的叙事已经在鲁迅、巴金甚至张爱玲那里耗尽了其历史建构的功效，对处于21世纪初的青年人来说，个体的解放只能是通过一个偶发的历史事件来进行一种自我疗救和自我治愈。对于裘洛和井宇来说，地震是一个偶发的历史事件，他们把自救的希望寄托在这样一个偶发的事件上，是否也过于单纯和天真呢？在汶川大地震发生后，中国确实有无数的像裘洛井宇这样的青年人在第一时间赶赴历史的现场，并承担起一个青年的责任，但是，地震结束后呢？一场地震固然可以改变一些个体的价值观和生活观，但是对于一个群体而言，他们还是要回到这个结构森严的社会中来，重新过上没有自由和解放感的生活。那么，在这样的情况下，地震对于我们来说不过是再一次证明了主体重建的难度罢了。张悦然由此触及了我们这个时代最有症候性的命题，那就是，在社会结构没有发生根本性改变之时，任何个体的解放都可能是有限度的，它不得不借助于历史的偶然性。这正是今天小资产阶级面对的历史困境，板结化的社会结构似乎已经成为不可改变的事实，我们只好借助一种浅薄的存在主义和虚无主义来予以“抵抗”，这种抵抗的假面，在我看来不过是一种托词和借口，以此逃避对于自我更新和再造社会的责任和义务。



但让人惊讶的是，这种逃避似乎成为一种普遍的想象历史和主体的方式。这凸现了当下文学写作一个非常严重的问题，即，美学想象无法超越社会现实，或者说，社会现实是如此严峻并富有戏剧性（比如地震），以至于写作只能在社会现实所提供的意识框架中来展开想象，在这个意义上，小说的社会面向抑制了小说的美学面向。这种“退守”、缺乏进取性的主体反复重现，暗示了当下写作的“泛中产阶级化”前景。这是危险的，这一“泛中产阶级”写作其实是一种“去历史化”的写作，历史和主体在这种写作范式中被风格化和修辞化，并以一种“日常生活高于一切”的保守主义姿态来消弭历史与主体之间的紧张关系。因此，对于中国当下写作来说，如何突破社会意识的规训，在小说中创造出新意识的主体，并扭转这种泛中产阶级式的写作方式，是一件非常重要且艰巨的任务。在这一点上，我愿意再次回到本文开头的疑惑：为什么张悦然在《家》里要写保姆小菊的故事。我强调的是，小菊这个人物的出现展示出了想象的裂隙：从资本的逻辑上看，她固然承担了“代替”和“交换”的功能，但是在另外一个意义上，她的出身、阶级属性、她与城市之间的不协调则暗示了中国当代文学中的另外一个传统——“进城”的传统，通过进城来改写历史位置和社会结构：她固然可能会是小资产阶级的后备军，但也有可能会冲破这种软弱、妥协的属性，成为具有新的反抗意识和历史意识的“新人”。但是遗憾的是，这种可能张悦然并没有清醒地意识到，只是在小说的结尾有一种含混的表达：



新洗好的床单上，有洗衣粉留下的柠檬味清香，小菊将它展开，铺平，像面对一种崭新生活那样虔诚。

一种“崭新生活”是什么样的生活？这种生活可以与我们身处的摇摇欲坠的历史与社会关联起来吗？由此我们可以开辟新的历史现场和想象空间吗？

这是小说中沉默的部分，这种沉默需要更多的写作来予以激活。

2010年11月15日于北京

2012年11月15日定稿

# 分裂的想象和建构的可能
## ——当下中国的文化主体和文化症候

## 一

2008年8月正值北京奥运会举行之际，其时整个中国都沉浸在一种巨大的大国亢奋之中，这种自我想象一方面强化了中国“崛起”和“腾飞”的现实，另一方面也强化了被“阉割”和被“去势”的中国历史形象，这种种复杂的感情通过全球化的通讯传媒被迅速和无克制地复制、传播和放大。我还记得四月份在李陀家中，他兴奋地问我对留学生保护“圣火”传递事件的看法，在他以及其他的一些知识分子看来，这一事件的意义可以与“五四”媲美，似乎一个新的中国主体在二十年的改革意识形态中破茧而出。我毫不掩饰我作为一个中国公民在这些事件中的立场甚至是褊狭的民族主义情绪，我还记得8月8日奥运会开幕式那天晚上，我挤在人潮汹涌的咖啡厅和一帮青年人高唱国歌，在隆隆的礼炮响声中看完张艺谋那冗长而单调的“国粹”表演。后半夜，一个朋友无比兴奋地给我打电话，问我们是不是都在鸟巢的附近。请注意他的提问，“我们”在这里是指所有此刻身在北京的人，他以为这一刻所有身在北京的人都处于历史的现场。当他听说我仅仅是孤身一人待在宿舍，连烟花的颜色都望不到的时候，觉得非常失望。事实是，我们——至少我——此刻并非处于历史之中心，但是如果那一刻我稍微虚荣，我可能就在我朋友的想象和我言辞的合谋中假想了一个中心的存在。是的，当全世界都认为你处在中心的时刻，你很难有抗拒的能力，在奥运会的那个晚上，中国处于世界之中心吗？这是一种假想还是一种幻觉？还是一种修辞？

我无法回答这个问题。但可以肯定的一点是，如果说奥运会开幕式意味着一个巨大的象征文本，那么，它的修辞毫无疑问是：以对历史的赞美诗般的遗忘来压抑某种分裂性的身份意识，并通过这种遗忘和压抑机制把中国解释为一个连续性的历史主体，进入世界并完成帝国的使命。让我大惑不解的是，这种连续性的主体何以可能？孔夫子的“和”能够易万世不变而为道统吗？王道之理想在一个现代的语境中能够被顺利转喻为新国家的政统吗？而张艺谋的带有某种色盲的“中国红”在后殖民的文化视野中能够代表我们的文统吗？凡是对历史怀有敬畏之心的人可能都觉得奇怪：在长达五个小时的中国历史文化演绎中，现代中国去了哪里？或者说，作为一个历史性范畴的“中国现代史”去了哪里？奥运结束后不久，有一次我和韩国学者朴兰英教授交流，她说作为一个外国人，她对奥运会开幕式最大的期待就是想看看怎么表现中国现代革命史，完全出乎她的意料的是，这一段历史被“取消”了。这让我想起1986年轰动全国的改革小说《新星》，在这一部描写农村改革的作品中，开篇就描写主人公李向南去参观一座年久失修的古塔，这座古塔同时也是一个历史博物馆，包括史前人类时代、旧石器时代、新石器时代、商周青铜器时代、汉唐元明清时代，但偏偏没有“现代”，它结束于中国的最后一个朝代清，而后就一跃而到了李向南所处的“当下”。毫无疑问，作者这么写是为了给1980年代的“改革叙事”一个唯一的起源神话，二十年后的张艺谋采用了惊人相似的修辞策略：不断地制造历史从“当下”开始的神话，不断制造断裂后的新的起点。从制造断裂、叙述起源和创始神话这一点看来，无论是1949年、1979年还是2008年，无论是社会主义、改革开放还是全球化，他们都无法逃脱“现代”的发展逻辑。这似乎是一种宿命。

## 二

在2008年之前，我们似乎有充分的理由相信，随着奥运会的召开，一个“后奥运时代”即将来临，这不仅仅是一个时间性的概念，更是一个关涉中国进一步向现代转型、融入“全球化”资本体系和价值体系的一种标志。无论如何，汉城奥运会和东京奥运会的成功为这种期待提供了有力的支持。但完全出乎意料的是，中国的“后奥运时代”首当其冲的居然是一场席卷全球的金融危机，而这次金融危机的罪魁祸首，似乎又是那个我们一再希望进入的“资本体系”。美国次贷危机引发的金融海啸并因此可能导致的大萧条如果说不是完全击垮了我们廉价的乐观主义，至少也深刻暴露了西方“普世主义”的虚妄和其反历史性，没有任何一种秩序、制度、文化能够放之四海而皆准，当这样一个常识性的话题再度摆在我们面前的时候，我们如何思考和定位我们的特殊性？



相关的政府官员在2009年中国发展高层论坛上振振有词地说银监会早在两三年前就预测到了这次金融危机（http://news.qq.com/a/20090322/000642.htm），我完全鄙夷这种“事后诸葛亮”的说法。在我看来，任何一个头脑清晰的人都能看出当下中国经济发展中所隐藏的巨大的问题。2006年7月，我在广东东莞市长安镇（中国三大富镇之一）生活了近两个月，我的两个高中同学，一个经营大宗电脑维修，一个与香港商人合资开了一家工艺品生产公司，后者的生产流水线上有近六百名工人。那一段时间，我每天出入于长安镇的街头巷尾，从一个个工厂旁边经过，也一次次进入这些工厂的“第一线”，与那些工人共同生活并试图对之进行一系列的问卷调查。虽然由于种种原因，这些调查并没有得出什么有意义的成果，但是却给了我一个非常直观的认识，至少我所看到的这些工厂的生产方式和经营模式都是非常脆弱的，还属于家庭似的或者扩大了的家庭式的企业类型，它所创造的利润更多的是来自地租、高强度且廉价的人力资源的消耗。在这个意义上，我怀疑这种财富的积累：我住在一个出租房里面，房东是一个不识字的老太太，仅仅在二十年前，她还要每天去田地耕作才能获得温饱，而现在，她完全依靠土地出租和土地转让而拥有数百万收入，而且这种收入还在不断地增加。这种财富，是一种转移性的，而不是创造性的。也就是说，这种财富积累在一定程度上，建立在其他地区和公民贫弱和输出的基础之上。

无论如何，这些财富刺激了该地区极大的繁荣发展，长安镇、虎门镇这些昔日的荒野之地如今的繁华程度甚至超过了一个内陆的省会城市。我没有去收集相关的统计数据来证明这一点，但我在此体验到了一种在合肥、南京、郑州甚至是北京等城市没有的那种震惊、不安、焦虑以及亢奋。那是一个力比多勃发的城市，成群结队的青年男女在大街、网吧、游戏厅、溜冰场、广场、商场、洗浴中心游荡，他们有用不完的精力和体力，一言不合就拔刀相向。这种体验让我想起两个经典描述，一个是本雅明关于18世纪初巴黎的："1798年，一位巴黎秘密警察写道：'在一个人口稠密而又彼此不相识，因而不会在他人面前惭颜的地方，要想保持良好的行为机会是不可能的。'""每个属于浪荡游民的人，从文学家到职业密谋家，都可以在拾垃圾者身上看到一些自己的影子：他们或多或少地处在一种反抗社会的躁动中，并或多或少过着朝不保夕的生活。"（本雅明：《发达资本主义时代的抒情诗人》，第14页、37页。）另外一个是恩格斯在《英国工人阶级的现状》中描述的："这种大规模的集结，250万人口聚集在一个地方，使这250万人的力量增加了100倍，但是，为此付出的代价，人们是以后才能看清楚的。所有这些人越是聚集在一个小小的空间里，每个人在追逐个人利益时的那种可怕的冷漠，那种不关心他人的独来独往就愈让人难受，愈使人受到伤害。"但需要注意的是，本雅明在这里发现了诗意的主体（以波德莱尔为代表），而恩格斯发现了阶级的主体。从某种意义上说，这两种都是一种"反抗"的主体，只有在这种主体的反抗中，世界历史才不至于在轮回中而无所进步（如果有所谓进步的话）。但是，我们在东莞的"工人"中发现了这种主体吗？也许有，也许会在很多年后确实有些不同的主体会在这种搏斗中生成，但是目前我并没有看到这种可能性到底有多大。在我的经验中，这些几乎全部来自农村的“工人”们的主体意识正越来越模糊和含混，他们即使不是完全，也是部分放弃了对自我历史和生活进行正当化的要求，而听命于他们的工厂主和有限接触到的少得可怜的文化娱乐资讯，并在一种自我满足的想象中把个体无限地普遍化为一个受益的群体。这才是问题的可怕之处，这些人（包括我的同学在内）不仅是在我的眼中被“对象化”，更重要的是他们把自我“对象化”，这种“对象化”意味着，他们完全着意于同一化的物质存在，而拒绝了自我以及精神生活所可能带来的“历史性的自我”。在这个意义上，他们确实代表了“民意”，在发展权不可剥夺的普世话语之下，即使我们意识到全球化和资本化是一个无底深渊（更何况是一个小小的金融危机），我们也必须勇敢地跳下去，并以全体人民的名义。



### 三

2009年春节前后，我非常巧合地同时观看了电影《刘三姐》和《本杰明巴顿奇事》（又名《返老还童》），前者是中国拍摄于1960年代初的革命歌舞片，后者是2008年好莱坞商业大片。从某种意义上说，这是两部风格、意识形态迥异的文化读本。但奇怪的是，他们同时深深地触动了我，我毫不惊讶《本杰明巴顿奇事》会给我带来感动，因为我的朋友、相关的资讯以及我个人的遭遇已经事先“规定”了这种审美上的共鸣。当我看到本杰明与伊丽莎白于旅途中邂逅，每晚穿着纯棉睡衣相会在壁炉边，在咖啡、伏特加和鱼子酱的伴随中交换暧昧眼神的时候，当我看到那句“晚安，本杰明；晚安，黛西”在电影中反复出现的时候，我觉得大卫·芬奇确实是一个高明的导演，他抓住了我们这个时代的审美症候，因为个人在近乎童话般的爱情幻想中，悄然完成了一种温顺的中产阶级趣味的消费。这种消费不具有任何悲剧的净化作用和意识形态上的尖锐性，人与世界的关系是宿命的，是不可改变的时间性：“有些人在河边出生长大，有些人被闪电击中，有些人对音乐有非凡天赋，有些人是艺术家，有些人游泳，有些人懂得纽扣，有些人懂得莎士比亚，有些人是母亲，有些人能够跳舞。”人成为一种功能而丧失了其“整体性”，或者说，因为无法对外在世界进行实质性的干预，他们不得不转入对自我经验的陶醉甚至是崇拜之中，而这又反过来加深了自我和世界之间的疏离。也是在这个意义上，我一直认为以卡夫卡为代表的西方现代派文学加快了资本文化秩序的建立和完成。因为在卡夫卡的小说中，即使个体的经验和历史已经被异化到“非人”的地步（如《变形记》），他也依然陶醉在某种寻找审判（如《城堡》）和饥饿的表演（如《饥饿艺术家》）中，并最终为了维护秩序的完整性和神圣性而不惜把个体送上绞刑架（《在流放地》）。如果说在卡夫卡的小说中还依稀能读到某种反讽的东西，在《本杰明巴顿奇事》中，一切都已经变得温情脉脉，对现代时间的人为逆转不过是造成了一个畸形儿，而这个畸形儿则在环游世界的过程中（资本主义全球化的一种隐喻？）变成了一个穿着LEVS高级牛仔裤的美男子，最后，他丧失一切记忆（个人的历史性），死在一个代表好莱坞梦的女人怀中。



我在这里面看到了某种软弱和绝望的东西，这种情绪非常模糊但又十分强烈。个人与世界的疏离固然强化了个人孤独英雄的自我想象，但同时也强化了对自我和世界的厌倦和憎恶，在某种有教养的（齐泽克语）、温情的、私密的趣味中，我们进一步强化自我作为一种生命体的孤独感，在拒绝更新自我的同时也无法更新历史。我正是在这种互文意义上来理解观看《刘三姐》时候的激动和兴奋，我发现，在《刘三姐》中，个体（刘三姐）的命运始终与一个群体密切相关（艺术形式上以规模不一的群众合唱队为代表），刘三姐在每一次演唱中都以无数的群众作为背景，并随时隐入这些群众中去，或许正是这种统一性（不是同一性）使得刘三姐具有了改造这个世界的信心：“莫讲穷，山歌能把海填平，上天能赶乌云走，下地能催五谷生。”另外一个让我深深感动的场面是采茶欢歌，在漫山遍野的茶树中，一群姑娘一边唱歌一边采茶，我在此看到了某种未被资本化的劳动美学，人在这种自由的劳动中成了劳动的主体而不是客体，人与劳动之间是一种审美的关系而不是一种利益的关系， 并且，为了保持这种关系，刘三姐们选择了坚决的反抗和斗争。如果用现代的审美标准来看，《刘三姐》毫无疑问是粗糙的、没有教养的、带有暴力倾向的美学文本，但是，这难道不正是一个拥有生命力的主体的表征吗？或者说，恰好是这种粗糙的不精致的美学在同质的文化秩序中撕开了一道口子，让我们意识到历史和美学其实还有另外一种选择。



但让我犹疑的是，这也许仅仅是一种文化上的可能罢了，实际上我对《刘三姐》的肯定恰好说明了它在我们当下历史中的缺席。也许我对《刘三姐》的肯定带有某种夸大的成分，在我个人趣味被严重“布尔乔亚化”的情况下，我试图找到一种“奇观”来补充我的文化想象，但是因为缺乏实践上的支持，这种补充或许只是进一步强化了我对当下文化的认同。这正是我感到困惑的地方，如果对于文化的可能性的选择最终都无法摆脱资本主义普世化的趋势，如果果真如竹内好所断言的，我的这种抵抗不过是被“预先”设定的，我越是抵抗，却不过越是强化资本主义的文化秩序，“东洋越抵抗就越将欧洲化的宿命。东洋的抵抗不过是使世界史更加完整的要素而已……”[1]那么，我们如何选择我们的文化立场和批评立场？更进一步来说，在这样一个被指认为“大时代”的转折时期，我们如何保持自我的经验和历史不被这个巨大而喧嚣的现实所吞噬？我们如何通过讲述自我的故事而把个体开放为一个容器，在此我们和所有其他的人命运相连？我们如何把个体的焦虑、暴力和反抗升华为一种具体的“意识形态”，进入历史并在历史中撕开缺口

[1] [日]竹内好：《何谓近代——以日本和中国为例》，收入《近代的超克》，孙歌译，生活·读书·新知三联书店2005年版，第184页。

看到更广阔的世界？我想，这些问题都是当下中国思想文化界亟须解决的难题。

2009年9月2日 于人大

辑二

# 二十年中国史与徐冰的“凤凰”

MASS MoCA 正在展出中国最有创造力的艺术家徐冰的大型作品“凤凰”，这是一件值得特别注意的文化事件。它不仅仅是一个简单的艺术品“展演”，而更意味着一种新的艺术生产和流通方式的变化，更重要的是，它需要西方的读者或者观众调整其文化判断的坐标，以一种全新的态度去观看和理解中国当代艺术，以及这一当代艺术所涵括的中国的当代史和中国的意识形态。要做到这一点并不容易，对于西方的观众来说，如果对于中国当代史——尤其是1990年代以来的历史——缺乏相应程度的了解，无疑将难以理解徐冰《凤凰》的意义所指，因此很有必要将这一段历史稍作陈述。



中国从1980年代过渡到1990年代，并非是一个自然的时间过程，1989年作为这一过渡的分界线，被清晰地标志出其政治内涵。但是与一种简单的假想的“历史终结论”相悖，中国的历史在1989年反而是一个带有延续性的重新开始。1989—1992年可称之为“沉闷的三年”，政治上的调整和国际形势的变化带来了一种空前的压抑感，但在1992年邓小平以一种出乎意料的方式打破了这种沉闷，这其中的变化诡秘莫测，对真相的了解需要更多资料的披露。但可以观察得到的是，1992年邓小平的“南方谈话”[1]开启了一个全然不同的新时代，

[1] 1992年初，邓小平先后到武昌、深圳、珠海、上海等地视察，并发表了一系列重要讲话，通称“南方谈话”。讲话重申了中国深化改革、加速发展的必要性和重要性，总结了此前十多年改革开放的经验教训，在一系列重大的理论和实践问题上，提出了新的思路和新的看法，并最终形成了中共意识形态史上继马克思列宁主义、毛泽东思想之后的“邓小平理论”。

改革开放固然是这一谈话的基本指向，但语境却发生了翻天覆地的变化：1980年代的改革开放更多的是针对“文革”与社会主义经验，它充其量是社会主义内部的一种有限度的调整；而1990年代的改革开放，更多的却是针对全球化的资本浪潮，它要求的是一种实用主义和利润至上主义。邓小平在谈话中说：“改革开放胆子要大一些。看准了的，就大胆地试，大胆地闯。对改革开放，一开始就有不同意见，这是正常的。不搞争论，是我的一个发明。不争论，是为了争取时间干。”他有一句流传更广的格言形象地表达了这一实用倾向：“无论黑猫白猫，抓住老鼠就是好猫。”1990年代由此拉开了中国高速市场化的大幕：1993年朱镕基推行分税制改革和银行改革，1994年又结束人民币汇率双轨制，扩大外贸，出台《关于深化城镇住房制度改革的决定》，住房商品化、市场化进入正式轨道。特别值得一提的是，1994年4月20日，中国接入国际互联网，这一具有隐喻意义的行为对中国社会产生的巨大影响，大概要在十年（2004年）后才开始凸显出来。



虽然在明眼人看来，中国的经济改革总是指向隐秘的政治目标，或者说，中国的政治改革总是以经济改革为其面具。但不可争议的事实是，由于经济改革的推行，中国成为最重要的新兴市场。从1992年至2002年，中国用了不到十年的时间，将社会主义中国改造成了一座资本生产流通上的“世界工厂”，并从“输出革命”华丽变身为“输出商品”——虽然这些商品以低端、廉价而饱受非议。与此同时，中国也变成了另一个造梦工厂，在资本的巨量投入以及收入倍增的数字化利诱之下，更多的人涌入城市，生活得更好的朴素欲望和资本的原始积累奇妙地结合在一起，这种最直接迅捷的结合改变了中国的景观。从1992年开始，数以亿计的农民从中国那些微如细点，在地图上完全可以被忽略的乡村进入中心城市，他们被称为“农民工”——一种身份和一种职业的奇怪结合的命名。以北京为例，在不到二十年的时间里，它的人口从800多万增加到了近3000万。它印证并以十倍的力量放大了恩格斯的断言：“这种大规模的集结，250万人口聚集在一个地方，使这250万人的力量增加了100倍，但是，为此付出的代价，人们是以后才能看清楚的。所有这些人越是聚集在一个小小的空间里，每个人在追逐个人利益时的那种可怕的冷漠，那种不关心他人的独来独往就愈让人难受，愈使人受到伤害。”（恩格斯《英国工人阶级现状》）

上层建筑不断调整以适应这日新月异的经济基础。官方意识形态现在不再倡导那种基于第三世界的国际主义，虽然它依然强调自己属于“第三世界”，但其目的更多时候是为了获得直接的经济利益。它开始不断强化自己作为“民族国家”这一共同体的想象，在1990年代中期，儒家开始重新得到高度的评价，对黄帝、孔子等中国传统文化偶像的祭祀成为官方的正式活动之一。意识形态也开始调整其文化策略，在2005年，“和谐”这一源于孔子的政治思想被改造挪用为党的指导思想之一，这与1989年《河殇》[1]式的激烈否定中国传统形成了鲜明的对比。在大众文化领域，1990年由王朔编剧的电视剧《渴望》红极一时，1991年金庸小说畅销大陆，这些与港台剧、卡拉OK等一起，构成了一种以“软抒情”和“娱乐”为特征的流行文化，完全区别于1980年代精英知识分子所倡导的那种严肃的启蒙文化。由于与新兴媒体的紧密结合，流行文化占据了历史的舞台，并夺走了更多的读者。自此以后，资本主义文化工业在中国发展迅猛，并在自觉和不自觉中生产出自己的主体——更多的小资产阶级在这种文化中被形塑出来，经过近二十年的发展，他们构成了今天中国文化最重要的组成部分。处于官方意识形态和大众文化的夹缝中，1990年代的知识分子只能以“失落”来描述其精神状态，1994年的人文精神讨论暗示了他们对现有状况的不满，但毫无疑问，这一次他们没有找到解决问题的良方。他们似乎完全不能理解1990年代带来的巨大变化，对于1980年代又缺乏有效的反思和清理，在对当下和历史的解释中，他们双重失



[1] 全称为《河殇——中华文化反思录》，是中国中央电视台1988年播放的一部纪录片，其主要内容是讲述蓝色文明（西方文明）的“优越性”和黄色文明（中国文明）的“落后性”，在当时的中国知识界产生了广泛的影响。

语。1990年代的艺术由此也呈现出相对沉寂的局面，对于一些有抱负的知识分子而言，这或许是一个沉淀和深入观察思考的过程，毫无疑问，他们中的一些人，比如徐冰，会重新调整其历史意识和社会视野。

对于更多的人来说，表面就是一切，1990年代的意识形态至少在这种表面性中形成了一致，这就是政治经济上的新自由主义、历史观念上的虚无主义和个人道德行为上的浅薄的存在式个人主义。这一意识形态的广泛传播和深入人心构成了著名的撒切尔夫人所言的“你别无选择”（There is no alternative）的历史情境。这一历史情境携带着冷战终结后资本主义傲慢的自我期许，用更准确的话来表达就是：“利润是人们之间唯一可能的社会关系，市场则是民主的唯一保证。”（丹尼尔·辛格）很显然，在这种讲述中，一些更重要的东西被删除或者说被遮蔽起来了。1993年11月19日，中国南方著名的经济特区深圳一家合资公司发生火灾，烧死了八十二名女工。虽然相关的报道被限定在“相对安全”的范围，但这种原始积累的血腥依然造成了一定程度上的震惊，当2012年“富士康”员工以自杀的方式来抵抗资本的残酷盘剥之时，不知道有多少人会记得这场二十年前的大火？对于中国的当代艺术和当代写作来说，这场当时本来可以被转喻为凤凰涅槃的大火至少推迟了二十年——它在等待更成熟的艺术心灵将其塑形。



无论如何，新的劳工阶级、新的剥削、新的剩余价值、新的资本的世界扩张和新的全球殖民主义与财富新贵、CBD中心、超级市场和金融投资的狂欢同时构成了中国这二十年的景观，只不过前者往往被后者包围起来，并在一种道德的暧昧中被稀释。但很显然不能从简单的道德立场去对这一切进行臧否。道德主义不能理解中国当代史的复杂纠缠。“资本—民族—国家”三位一体的形成在中国有其历史和社会的根源，但是，这并非意味着“你别无选择”，恰好相反的是，选择总是在一些裂隙中出现。这一裂隙在1990年代以来的中国历史中至少出现了两次，第一次是1997年的亚洲金融危机，第二次是2008年开始蔓延的世界性的金融危机。在汪晖看来，金融危机并非是简单的过度投机和缺乏监管的技术性问题，而更是资本主义内在的矛盾，是资本主义在自我循环过程中不断重复出现的一种历史性结构。恰好是这样一种反复出现并延续至目前这一刻的危机（就在我写这篇文章的时刻，2013年6月22日，中国A股跌至1900点，6月26日，整个中国银行业出现历史上最严重的流动性资本紧张），我们感到了一种历史性的恐惧。因为我们不知道这无休止的资本会将我们带往何处？是乌托邦还是鸟托邦？是恐龙还是凤凰？有想象力的观众可以发现，徐冰的凤凰并非仅仅是一只大鸟，也是一只云计算时代的怪兽。但是，可以明确的是，1990年代终结了！用汪晖的话来说，就是新自由主义绝对支配地位的衰落。



那么，未来属于谁呢？或者说，凤凰会属于谁呢？或者用丹尼尔·辛格更尖锐的追问：谁的新千年——他们的还是我们的？

暂时还没有答案，但毫无疑问的是，寻找这一答案的契机已经出现。站在新千年的门槛上张望历史和未来，一个必须明确的事实是，任何现成的概念、规划、答案、形式都无法回答中国的问题。艺术同样如此，中国的当代艺术史与中国近二十年来的历史变化形成或明或暗的同构关系。1989年的现代艺术大展几乎以一种完全膜拜的姿态面对西方，并认为西方对当代艺术的实验和探索已经走到了历史的尽头。但这显然是一种自卑的幻觉，这个幻觉注定了1989年现代艺术探索早夭的命运。对于这一幻觉的破除，要求艺术家们对中国的观察、叙述和想象有一个整体性的视野，它需要有全体性的观察力和想象力。从1994年开始，中国的当代艺术家们开始朝这个方向努力，对于徐冰来说，他同时在两个方面用力，一方面以直接性呈现代替过于符号化的表达（如1989年的作品《天书》），一方面以中国资源来处理中国的历史和现实。《凤凰》可以视作为这两方面结合的最有创造力的探索和试验，它从中国历史的内部起源，回答着当代史的全部问题：劳动、阶级、主体、资本、修辞、意识形态以及它们结构而成的错综复杂的关系。在这个意义上，正如与其对位的欧阳江河的长诗《凤凰》所描述的——它回应了“全体”！

这一全体的凤凰遨游四海，倪端风云，它会与哪些力量、物质相遇？它会遇到哪一些主体：他们还是我们，旧人还是新人？它最终扶摇流转，幻化万物，变成哪一种历史的活体？

让我们拭目以待！

2013年6月28日于北京

2013年7月3日三稿

# 男人们，请不要再打扰女人
## ——细读蒋一谈的《栖》



作为一部城市女性主题短篇小说集，蒋一谈的《栖》至少从两个方面激起了我的想象，首先是女人，其次是男作家写女人。这会让人联想起鲁迅的经典讽喻：中国人看京剧，不仅是看女人，更重要的是看男人扮演女人。但我是在完全正面的意义上来理解蒋一谈的这种写作意图，女人写女人固然有心理的契合和身份的认同，但是如果离开了男人的想象和书写，女人如何能够意识到作为女人的特质和别具一格，或者说，女人因何而成为？任何事物都必须在一种关系中存在，在现代社会，最基本同时又最迷人的关系也许产生于男人与女人之间，这一关系构成了整个现代写作的发生学。在波德莱尔最著名的诗篇《给匆匆一瞥的女人》中，男人与（陌生）女人的相遇成为一个典型的现代事件，这一事件揭示了现代写作内部的张力。在卡尔维诺《看不见的城市》中，他以启示性的故事告诉我们，因为追逐一个梦中的女人，男人们建造了梦中之城，虽然男人们最后并没有追逐到女性，但是因为这种追逐，他们寻找到了彼此。不过正如一些敏感的女性主义者所意识到的，在现代这些经典的关于女性的书写中，却总有一种不自觉的、潜意识的对女性的情色凝视和男性中心主义——“卓贝地这座城是建立在对女性的梦想之上的。它必须不断地重建，才能让女人驯服……她既是表现欲望的源泉，又是其最终的、不可企及的目标。这样，为体现男子梦想而建立的城，最终只书写了女人的缺席。建立卓贝地城的故事……说的是把女人创造为文本的故事（劳蕾提丝：《艾丽丝没有做》）。这里的辩证法是：书写或者创造女人的故事是一个男性写作者卓越创造力的象征，或者说，不能写出一个富有魅力的女人的故事，就很难算得上是一个现代作家。但危险性同时是巨大的，男性写作者必须克服自己天然的生理性，在最大程度上把自我“去性别化”，才有可能写出女人在场的女性故事。此时重要的是，不是男人化装为女人来讲述，而是男人通过讲故事的方式把自己“去性化”，通过故事的装置呈现“平等”（如果有这个词的话）的视角。在这个意义上，蒋一谈选择讲八个关于女人的故事，这一选择本身已是一种极具现代感的“视域”，或者我可以说得稍微极端一点，这一“视域”在中国当下女性书写中是一种稀缺的品质。但是让我更有阐释冲动的，其实并不是上述的这些理论的八股，而是我一直相信，一个好的小说家，总是处于一种无休止的纠缠之中。“把女人创造为文本”是危险的，这种“危险”或许并不来自于女性在当下社会所具有的“魔性”，更来自于叙述本身，因为叙述（故事）总是非常不服从地走自己的窄路。蒋一谈或许可以以他的雄辩术来阐释其写作发生学（这是作家的特权）的合理性，但我显然是一个爱看热闹的读者，叙述的底细、人物的暧昧、故事的反对、结构的互文，如此等等是我兴趣的重点，一言以蔽之，我爱复杂性。



## 《茶馆夜谈》

《茶馆夜谈》是《栖》的第一篇。这是一个简单的小说：一个男人和一个女人相约在茶馆谈话，谈话的内容关涉到爱与距离。这个短篇让我想起电影《这个男人来自地球》，长生不死的男人在火炉边向他的朋友讲述其不死人生所经历的种种故事。我的意思是，《茶馆夜谈》虽然讲述的是非常当下的内容（一个母亲因为无法忍受丈夫对日益长大的女儿的性骚扰，而选择离婚独居，并同时对所有的男人保持警惕），但从结构上看却是在重复所有伟大故事的框架，男性讲述者在一个非常固定的场所向一个年轻的女性讲述其母亲的故事，通过这种讲述，女人的故事得以呈现。这也许可以视为某种情境式的小说，在卡夫卡的一个短篇中，父与子也是在一个局促的环境中对话，然后展开戏剧性的冲突。但是在《茶馆夜谈》里面，“茶馆”作为一种情境并没有带来极端的戏剧冲突，或者说，可能有的戏剧冲突被讲述者缓慢而沉着的语调稀释掉了。这个男性讲述者用了太多力量来控制可能出现的、突破其理性的情绪，从而使得整个小说好像一块被压缩过的面包——固然紧凑，但缺乏弹性。这种处理方式对于耐心一点的读者来说可以咀嚼出更多的味道，但是对于一个匆忙的读者来说，可能就会觉得索然无趣。很显然，这个男性讲述者不够放松，他过于一本正经或者自以为是，他或许对于自己的讲述有过于自满的得意，他规划着他的故事——同时也是那个可怜的母亲的故事，他并没有意识到，他的这种讲述行为可能是很残忍的，虽然这种残忍是以爱的名义而展开。同时让我们怀疑的是，如果没有那个有那么一点点好奇心的女倾听者，这个故事是否还能讲得下去？顺便说一句，因为这个女倾听者是如此的富有丰富的内心和纯洁的心理，所以，她看到“雪花里的霓虹灯光像妓女疲惫的眼神”之类的比喻句是非常不恰当的。

《茶馆夜谈》从结构和人物设置来看有点像是一个“元小说”，它隐喻了一种普遍的关于现时代讲故事行为本身的危机和困境。《茶馆夜谈》最能让我称赞之处在于通篇都以“对话”来呈现，通过“对话”，故事本身变得不重要了，因为故事已经被彻底变成了一个讲述行为，这个讲述行为比故事本身更有力量。

### 《另一个世界》

《另一个世界》开篇以全知的视角交代犹太人辛格的祖母在二战时期来中国避难，并因此与中国结下的不解之缘。接下来视角转换，女记者夏墨出场，她来耶路撒冷旅行，并与辛格邂逅，在简短的交流中得知辛格祖母的故事，她出于记者的职业敏感觉得这是一个重要的话题，于是提出对辛格的祖母进行采访。采访虽然进行了，但是却因为祖母年事已高，并没有达到夏墨想要的效果，倒是在采访的过程中出现的插曲——辛格和父亲之间的吵架——占据了小说较多的篇幅。

最后，以夏墨颇具哲思的内心独白结束。

《另一个世界》是一篇让人难以捉摸的作品。无论是从主题还是叙述方式上看，它都显得不够清晰。犹太人在上海的历史构成这部小说的背景，这是蒋一谈经常使用的一种创作手法，即，以非虚构的历史事实构成作品的叙述框架，在这个框架中装置虚构的故事。“非虚构”犹如画面的基色，而虚构则构成了画面的主色调。从题材的角度看，这一类作品（包括《赫本啊赫本》《中国鲤》）充满了高度的敏感性，它扩充了短篇小说的叙事容量，并同时将故事的意义延伸到历史的深处。不过，危险的是，这种装置有时候会显得过于生硬而破坏故事本身的自然性和叙述的流畅感。在《另一个世界》中，我比较明显的阅读感受是，夏墨对于生活的思考固然精彩，辛格的祖母的故事也引人入胜，但是把这两者联系起来的因素过于偶然，也就是说，在夏墨和辛格的祖母之间有一段距离，而小说的叙述并没有提供一座足以跨越这段距离的桥。



即使如此，《另一个世界》在隐喻层面上依然饶有意味。另一个世界意味着什么？作为一部女性主题小说集中的一部，辛格的祖母和夏墨这两个女性是否为对方显示了另外一个世界？至少对夏墨来说是这样的，辛格的祖母展示的世界是一个充满了信仰、感恩和忏悔的世界，这个世界活在回忆之中。这个世界与夏墨的世界如此不同，因为夏墨像所有的中国女人一样，不过是活在日常生活的惯性之中。试图对辛格的祖母的世界的“进入”，正是试图突破自我生活惯性的一种努力，在这个意义上，一个女人构成了另外一个女人的拯救。

### 《林荫大道》

从艺术的角度来说，《林荫大道》是《栖》中最成熟的一篇。故事紧凑，叙述充满弹性，心理描摹细腻深入。故事从历史学博士夏慧的一个梦境开始，她梦见大海，更为怪异的是，海水中有股老男人的味道。这个梦境毫无疑问是精神分析式的，它一方面暗示的是夏慧直接的生存压力，她虽然博士毕业，但是却难以在北京这座国际化大都市里面立足，她没有办法找到一个适合自己的专业，不得不屈尊去当一名中学历史教师；而另外一方面，也暗示了这个知识女性潜在的欲望和可能出现的故事的漩涡。这一故事漩涡的中心是夏慧的母亲服务的一座豪华别墅，它坐落在北京的郊区，在故事的高潮中，主角们汇聚于此：母亲作为保姆为远游的主人照顾两条爱犬；夏慧去看望母亲；出于某种善意，母亲邀请夏慧的男友苏明——同样出身于底层且接受过博士后的高等教育——来别墅过一个愉快的周末。一切似乎都很融洽，但是这种空间的选择本身已经暗示了一定会有某种特殊的事情发生。果然，温情的气氛在酒精的刺激下发生了变化，苏明在别墅充满压迫感的空间中意识到了自身的虚弱和无力，他意识到了一种无法改变的“距离”，在这个距离中，他看到了自己惨淡的失败。这种失败感包裹了这两个可怜的年轻人，出于愧疚和善意，夏慧试图通过身体的接触来安慰苏明，但残忍的是，他们的身体甚至也无法抵抗这种巨大的现实的失败感。小说的结尾非常富有意味：“她在想，此时此刻，如果苏明把她推下阳台，她一点也不生气。”



这篇小说自始至终有一种压抑的气氛。这种压抑的气氛来源于某种被阉割的现实。本来充满精神性力量的年轻生命在严峻的日常生活面前变成了一种虚无的存在，他们表现得软弱、无望甚至是可怜。在这个意义上，物质变成了一种亵渎我们生命的东西。但是现在我们面对的现实是，这种亵渎无处不在。《林荫大道》通过空间的转移——代表了社会底层的夏慧和苏明进入到了代表社会顶层的别墅的空间——揭示了一种隐藏在含情脉脉的日常生活底下尖锐的社会矛盾。知识和生命在物质面前的崩溃提示出了某种非等价交换的原则，而不管是等价交换还是非等价交换，都是资本逻辑在中国以一种粗鄙的、强盗式的方式存在的后果之一。

读这篇小说让我心有戚戚，这不仅是在苏明和夏慧身上看到了我自己的影子，更重要的是，这篇小说在道德上的暧昧性。这一道德的暧昧尤其通过母亲微妙的变化显示出来，作为乡村道德最具有象征意义的代表，母亲似乎显示了与传统乡土文明的某种背离。小说写出了这一事实：母亲不仅在都市物质的充裕中获得了快乐，更重要的是，她开始排斥乡村，她并不愿意立刻离开那座豪华的大别墅回到乡村去照看自己生病的丈夫。这种事实可能是让夏慧更加沮丧的原因。因为资本逻辑已经强大到席卷一切，所有坚固的东西确实烟消云散了。夏慧的中学历史老师曾经给她留言：学好历史能帮助我们读懂无情的含义。这种含义现在确实显现了。

### 《夏天》

“成为蓝种人，或许会经历蓝色的命运。”这是《夏天》开篇一句意味深长的自我表白。女主角甚至“在一瞬间，她倒希望身体上挂着一对蓝色的乳房，还有蓝色的脸颊，蓝色的手臂，蓝色的小腹……”关键问题是，这位单身妈妈希望自己的儿子“长出蓝色的肌肉，在运动场上洒下蓝色的汗水，……像一头蓝色的野兽”。这种童话式的幻想稍纵即逝，单身妈妈需要面对的是非常现实的问题：儿子性格软弱，像个女孩子。她要做的工作是如何把儿子锻炼成一个男子汉。这大概是一个非常普遍的问题，今天在中国的城市中，越来越多的离异女性都或多或少地为此类问题所困扰。在这个意义上，这篇小说带有问题小说的雏形。而蒋一谈对这个问题的处理也颇具匠心。在小说的开始，单身妈妈让儿子参加了一个“独立训练营”，但效果似乎非常有限。这个时候故事开始呈现戏剧性，单身妈妈遇到了一个年轻的单身爸爸，而单身爸爸正为照顾自己三个月大的女儿而手足无措。顺理成章，单身爸爸和单身妈妈交换了任务，男孩交给男人，女孩交给女人。也就是从这里开始，问题小说开始与成长小说纠结在一起，性格软弱的小男孩一步步变得坚强粗糙起来，而同时，新的问题开始出现：单身爸爸与单身妈妈之间产生了暧昧的情愫。小说再一次呈现出戏剧性，如何处理这一看起来似乎顺理成章的爱情？

我们发现女主角的选择非常有意思，她选择了离开，在故事结尾，她带上儿子不辞而别，把这段感情搁置了起来。我们由此突然明白了故事的开篇为什么一再强调“蓝色的命运”，这是女主角对自己一再的心理暗示，她看到了自己的懦弱和无力，不敢去面对过于热烈的情感生活，甚至不愿意去面对自己真实的内心需要。也就是说，对这个女性来说，按照自己内心去生活还停留在自我暗示的阶段。因此，小男孩的成长实际上也是女主角的成长，不过，这两者的结果完全不同。我在阅读的时候注意到，小男孩始终处于女主角的“注视”之中，这种“注视”的目光无处不在，不能仅仅在表面上将此理解为一种母性之爱，同时它也可能是一种精神焦虑的体现，或者在女主角这里，将自我内心的欲望通过对儿子的注视而予以转移，是最安全的生活方式。

## 《驯狗师的爱情》



仅仅从题目来看，《驯狗师的爱情》和《疗伤课》最具有陌生化的效果。即使在北京这座大都市里，驯狗师也不是一个非常常见的职业。驯狗师是怎么生活的？她的爱情与众不同吗？相信这是所有读者看到这个题目后都会产生的疑问。细读这篇小说以后，读者或许有点失望，因为作者并没有花太多篇幅去渲染驯狗师这个职业的独特性，而是继续了他对女性的关怀——女驯狗师苏庭与画家周枫之间因为一条狗而发生的小故事。

故事的高潮在于周枫给苏庭出的难题：“去流浪就得把手机扔了。”“流浪就是无牵无挂。”苏庭在这种极端的情境中似乎意识到了自己的“不成熟”，她突然明白自己“不想失去熟悉的人，失去熟悉的城市和天空”。于是，她放弃了“流浪”的幻想，决定认真面对“现实生活”。

《驯狗师的爱情》的潜在背景是大都市人的孤独和隔绝感。人与人之间的关系不再被信任，人与狗（或者其他的动物）的关系则被高度魔幻化。在“人与人”与“人与狗”之间的情感位移暗示了我们当下普遍的伦理困境，难道现代文明竟然已经发展到这个程度：我们从一只狗身上得到的安慰远远超过从一个人身上的所得。《驯狗师的爱情》以貌似小资产阶级的叙述划开了这种伦理关系表面的美好，驯狗师与狗之间其实并不存在“平等”的关系，正是因为“驯化”在狗身上更容易实现，因此，与狗相处似乎是一件更容易的事情。而这一点，正是今天人性软弱之处，我们不愿意承担任何交流和沟通的风险，而更愿意过一种没有任何利害关系的温情脉脉的“驯化”式的生活。因此，苏庭决定和周枫去“流浪”，似乎是对这种生活秩序的一种挑战，而周枫以一种极端的选择题对苏庭做出了一种考验，非常遗憾的是，苏庭并没有通过这个考验。苏庭毫无疑问属于城市小资产阶级，她的生活习性中有更多享乐的成分，她对周枫的爱情从某种意义上是小资产阶级对“异”的一种想象，正如她对“流浪”的想象充满了三毛式的浪漫主义。非常有意思的是，当蒋一谈以非常严肃的语调来叙述这一故事时，居然呈现出了一种反讽的效果，反讽在这里的意思是，伪装自己没有的激情是一件严肃得让人可笑的事情。



**《温暖的南极》**

可能是因为对爱尔兰作家吉根的极度喜爱，蒋一谈以《温暖的南极》向她致敬。这篇小说以女编辑阅读吉根著名的短篇小说《南极》开始：“每次这个婚姻幸福的女人离开家时总会想，如果和另一个男人上床，感觉会怎么样。那个周末她决定试一试。”阅读这篇小说给女主角平静乏味的生活以强烈的蛊惑，“她从小说里面那个渴望一夜情的女人身上读到了自己”。于是她也决定试一试。接下来的描述不再着力于故事的起承转合，而是像一个慢慢横拍过去的长镜头，女主角的心理活动与吉根的叙述（而不是叙述者的叙述）频繁地互动起来，并在小说的结尾达到一种虚伪的高潮，女主角在心中狂野地呼喊着南极和男人，但实际上她并不知道下一步该怎么进行。

我想指出的是，《温暖的南极》的精彩之处正好在于这种无法行动的悲剧的存在。当女主角借助阅读恢复了感性以后，当她明白自己的欲望不过是一种“普遍的人性”的结构时，注意，她依然无法完成这种普遍性。我想这是蒋一谈的高明之处，通过对吉根《南极》的征用和对话，他凸显的是另外一种现实的结构，在这个现实的结构中，个人视域不断被社会视域挤压、阻隔和改造。女主角固然是以中产阶级的身份出现，但是她所遭遇到的现实却并非是一种中产阶级式的。小说特别描写了两个细节，第一个是女主角遭遇到了一个开吉普车的丑陋男人，这个男人因为要超车而对她进行了恶毒的咒骂；第二个是她在天桥上遇到了一个乞讨的女人，这个女人以夸饰她的苦难（昏迷的植物人丈夫和已有身孕的事实）来获得同情。这两个细节像两根锋利的钉子钉在了这个短小精悍的小说中，它们好像某种耻辱的标志，提醒着女主角和所有的读者，这里不是吉根小说叙述的爱尔兰。在那里，一夜情是一种浪漫，似乎没有这种经历，就对不起那块土地的美丽和神秘，即使这种行为最后获得“罪”的惩罚；而这里是中国，粗鄙的社会视域已经把一切诗意消解殆尽。在这种情况下，我们的女主角面临着更大的内心分裂，她仅仅只能是在阅读和想象中完成《南极》一样的行为，她作为普遍的女性却遭遇到了一个并不具有普遍性的社会结构。在这个意义上，《温暖的南极》改写了《南极》的主题，并非是普遍的情欲的原罪问题，而是普遍的人性与非人性的社会结构之间的矛盾冲突问题，因此，《温暖的南极》只可能属于“第三世界”国家的文学。



### 《夏末秋初》

《夏末秋初》写的是女性之间理解和互助的故事。姐姐周文患上不治之症，只有三个月的生命，丈夫远在南极考察，妹妹周轩承担起照顾姐姐以及外甥女小蕊的重担。这种故事的模本可能经常在新闻中出现，并经常被处理成非常意识形态化的“与病魔搏斗”的煽情叙事。而蒋一谈的小说与此类新闻的区别在于，他非常残忍地揭开了这样一种现实：病其实是不可战胜的，在不可战胜的病面前，人还有什么可以自恃的？《夏末秋初》的总体叙述带有一种压抑感，这种压抑感正是来自于这种绝望式的清醒，残酷的疾病在此构成一个隐喻，它暗示了现代个体的脆弱性和不堪一击。与这种脆弱相伴随的，是另外一种都市病——人的孤独和无可交流。在小说中，周轩和周文自小就因为和父母缺乏交流而对家庭婚姻充满恐惧感，小说中的另外一个女性——小提琴教师欧阳老师的妻子白宁同样陷入一种孤独的境地，并不得不求助于周轩的母亲，而周轩的母亲——一个从来就不善于表达自己的爱的女性，即使在女儿病危之时，也依然被自己的沉默所拘囿。

在这一群沉默的女性中，小蕊显然是个例外，她像所有小孩一样，无拘无束地表达着自己对于这个世界的爱恨，而周轩，正是在和小蕊的相处和交流中感觉到了爱意和责任感。毫无疑问，小蕊和周轩是这篇小说的中心人物，表面上看周轩在照顾小蕊，而实际上，小蕊也在同时帮助周轩，虽然她是完全无意识的。这种互助的关系可能是极其隐秘的，但却是所有关系中最重要的，正是通过这种互助关系，其他人之间的理解和原谅才得以进行，而这，可能是我们唯一可以自恃之处。



不过这篇小说同时也暗示了某种含糊不清的态度，在小说的篇末，有这么一句："然后，在这个夏末秋初的季节，她们四个人在一起等待家里那唯一的男人从南极归来……"这种表述让人觉得是男人给了这些女人莫大的信念和力量，而我想说的是，可能更大的希望在于女人与女人之间的情谊，而不在于那些总是一再缺席的男人。

### 《疗伤课》

真相在最后被揭穿。

女精神分析师司南放弃了美国的一切，只身回国，她的内心藏着不被人理解的痛苦秘密："得不到男人的爱，那就爱自己。"她在这种自我暗示中度过了平静的几个月，但是，一个精神病患者——桑雪——的出现打破了这种表面的平静。故事于是在两个女人之间展开，她们都是受害者，同时又都渴望得到疗愈。既然是受害者，信任别人就成了一个基本的难题，在这里，我们读懂了萨特那句恶狠狠的断语：他人即地狱。非常有意思的是，萨特的这句话如果放到《疗伤课》的语境中，"他"天然指向男性主体。对于桑雪来说，男人作为一种地狱般的存在是事实，而司南，可能是那个引领她上升的女性。

这是一个奇怪的文本。萨特式的邪恶和但丁式的神圣同时并存，交织成一幅现代女性的自我救赎之图景。故事的高潮在于游船上的独白——桑雪选择说出，不仅是对司南，同时也是对所有的男人和女人，她大声地说——同时也是一种控诉：她如何遭到男人的羞辱和压迫，她的痛苦和挣扎。这是这个故事最精彩的部分，是名副其实的惊心动魄的一幕，我想每一个读者都能在这种莎士比亚式的戏剧独白中感受到刺穿内心的力量。作为一个男性读者，我在此独白前感到了一种强烈的羞愧感，在这个意义上，作为叙述者的蒋一谈是成功的，他戴上桑雪的面具释放出了女性反抗的力量。

这最后一篇同时也是对第一篇的解构。在《茶馆夜谈》里，以父亲形象出现的男人对女主人公谆谆教导，他全知全能地规划着两个女人的未来。而最后我们发现，以父亲形象出现的男人不过是一个冷酷的刽子手、一个被色欲控制的变态狂，他讲述的并非温情脉脉的关于爱的故事，或者说，在表面的爱的谎言的掩饰下，不过是一个千百年来不断重复的男人对女人的压迫、控制和剥削的故事。



这是最后的真相。还好，获救的希望一如既往地被延续。小说的最后一句是："我们的期待全在彼此的眼神里。"疗伤课至此结束，两个伤痕累累的女人"手拉手，面对面，在水里说不出话来"。故事停止，叙述已然多余，请自高自大的男人们闭嘴吧（包括叙述者蒋一谈），让我们谨记茨维塔耶娃的忠告："让男人们不要再打扰女人。"

2012年7月5日初稿

2012年9月25日终稿

2012年10月5日再改

# 出梁庄，见中国
## ——读《出梁庄记》

### 一



梁鸿的新作《出梁庄记》毫无疑问是《中国在梁庄》的自然延伸：2010年，梁鸿将目光和笔触聚焦于她的家乡——河南省穰县梁庄，用口述实录和田野调查的方式完成了一组对中国农民生存现状的描述，这就是《中国在梁庄》。2013年，梁鸿将视野延展开来，追踪采访走出乡村的梁庄人，记录他们在现代城市中的挣扎与困惑，以及身份的转换与重塑，这便是《出梁庄记》。这一创作路径基本上是一个必选之题：对于梁庄的乡愁式的描写只是中国这一巨大“现代神话”的半张脸，而另外半张，则在梁庄之外，在那里，无数的人群和无数的故事构成了奇怪的沉默之脸，高悬在“盛世中国”的城楼上，可远观而不可亵玩。至少在意识形态的探照灯下，我们默认了这张脸的表面性的存在，而把可怜的疑问转化为酒足饭饱后的谈资。

但梁鸿与众不同。作为她的朋友，早在《中国在梁庄》还没有出版之前，在一次餐后的交流中，她偶然提到她正在书写的梁庄，语气与神态别有一种关切和凝重。我当时意识到，这会是一部特殊的作品，甚至不仅仅是一部作品，而更是一种特殊的关于我们此时代的存在方式的追问。《出梁庄记》再次证明了这一点，证明了梁鸿有一种特别的坚韧和勇气，她走得比我们都要远，远离高谈阔论的知识分子腔，远离不痛不痒的所谓学术和讲台；她走得远是为了走得近，她一步步走近一种更真实的、有血有肉的世界，在这个世界里，她看到了她的兄弟姐妹，她的亲人们——也是我的兄弟姐妹和亲人们——在他们巨大的沉默和失语中，有一种东西在击打着我们的心。

《出梁庄记》的版图浩渺广阔，梁庄人“西到阿克苏、阿勒泰，西南到日喀则、曲靖、中越边界，南达广州、深圳，北到内蒙古锡林浩特。”梁鸿前后历时两年，走访十余个省市，采访了三百多人。梁鸿的叙述具体而开阔，几乎每个被记录的故事都关联着广泛的现实社会问题：身份歧视、户籍管控、留守儿童、非法传销、环境污染等等。比如，全书以梁庄流浪汉梁军的溺亡开篇，而他的家人却迟迟不愿意认领尸体，由这个有悖人之常情的故事，梁鸿引出了“南水北调工程”与农民之间的利益博弈，这种博弈的深层隐喻，正是现代化的巨大工程与渺小失败的个体之间的冲突和矛盾。需要强调的是，梁鸿没有像中国当下一些肤浅的知识分子那样，停留在简单的同情和批评的表层，在中国当下最流行的批评方式就是，以一种先在的理念为标准，不符合这些标准的，则被判定为非法或者是邪恶。梁鸿的优势恰好在于，她始终立足于本土的经验，而不是盲从于那些所谓的普遍真理，比如自由、民主、公平和正义。毫无疑问，和所有有良知的知识分子一样，对于这些真理的追求构成了我们生命价值的一部分，但这并不意味着我们可以罔顾现实的复杂，以一种非历史化的普遍性来书写和解释中国的当下。事实是，中国的问题远比这些概念复杂生动，梁鸿意识到了这种困难和可能性，她在《出梁庄记》的后记中说：“如何能够真正呈现出‘农民工’的生活，如何能够呈现出这一生活背后所蕴含的我们这一国度的制度逻辑、文明冲突和性格特征，却是一件非常困难的事情。并非因为没有人描述过或关注过他们，恰恰相反，而是因为被谈论过多。大量的新闻、图片和电视不断强化，要么是呼天抢地的悲剧、灰尘满面的麻木，要么是挣到钱的幸福、满意和感恩，还有那不断在中国历史中闪现的‘下跪’风景，仿佛这便是他们存在形象的全部。‘农民工’，已经成为一个包含着诸多社会问题，歧视、不平等、对立等复杂含义的词语，它包含着一种社会成规和认知惯性，会阻碍我们去理解这一词语背后更复杂的社会结构和生命存在。”出于对这种既有成规和想象的规避，梁鸿的着力之处在于“做好对生命本身的一种叙事，这种叙事具有无限的开放性，它不是结论，每个人都会以不同的角度去思考”。这恰好是梁鸿的叙述的独特之处，她并非是一部社会学的著作，指向某种解决的方案或者现实的答案，比如上文提到的“南水北调工程”与农民之间的矛盾，显然没有一个“合理”解决问题的方式。在另外一个故事中，大学生梁磊既不能在深圳找到满意的工作和奋斗的目标，又不能回到梁庄重新做一个农民。梁磊找不到解决困境的方法，梁鸿也找不到，在这些结构性的社会矛盾面前，梁鸿和梁磊其实是完全平等的，他们同样困惑，同样无能为力。因此，她停留在叙事的本身，至于“叙事”将带来何种阅读的效果，那是另外一回事。在这个意义上，虽然梁鸿的著作被很多读者作为调查报告甚至是社会学著作来阅读，但在最本质上，它是文学的，它展示的是一幅广阔生动的生命图景。正如李敬泽所指出的：“《出梁庄记》具有‘人间’气象。众生离家，大军般、大战般向‘人间’而去，迁徙、流散、悲欢离合，构成了中国经验的浩大画卷。在小说力竭的边界之外，这部非虚构作品展现了‘史诗’般的精神品质。”



梁庄是这一生命史诗的起源。中国大地上有多少个这样的梁庄，有多少这样的梁庄人，他们从一个个微如细点、在地图上无法标志的小村庄涌入城市，改变着自己同时改变着中国甚至世界。可以找到一个词来形容这人类史上都少见的大流动和大迁徙吗？“漫游”显然已不合适，它太过于浪漫主义的诗情画意；“盲流”更不合适，它带有奇怪的偏见和有产者的自高自大。也许只能这么说，他们遵循着让人惊讶的强大的生命本能去完成自我和历史，即使被冰冷的历史搅拌机搅成一堆肉末，即使在我们的理论词典里找不到一个词来予以命名。

## 二

梁庄不过是一个小小的范本。但正是在这个小小的范本中，我们得以窥见一个“看不见的阶层”。如果要用一个词来形容今日的中国，我想这个词应该是“围”。今天的中国是一个“被围起来的中国”。这里的“围”有多层的含义，它可以是政治意识形态方面的，我们坚持着某种独特的政治实践；它可以是经济发展方面的，我们拘囿于简单的经济GDP的观念，以巨大的破坏换来短暂的繁荣；它更是一种景观意义上，在中国的景观世界中，遍布着高楼大厦、CBD购物中心，灯红酒绿，车水马龙，我们看不见那些具体的劳动和具体的劳动者，他们为这些景观所包围。这造成的后果是，我们生活在一种并不真实的生活世界中，这个世界以高度的现代化为其形式，却罔顾其肌理的血肉内容。从这最后一点来看，《出梁庄记》是一种反景观式的写作，也是一种突围式的写作。不仅要突破景观之围，更重要的是，要突破一种人心之“围”，在这一“人心之围”中，我们出于安全的考虑——安全的生活和安全的意识形态——而拒绝去看见“景观”之内的东西，去看见真实的世界和真实的生存。而我们这个时代最基本的写作伦理，恰好是应该去看那些“他者”，那些在我们的日常生活中缺席者的存在。从这一点看来，《出梁庄记》中的“出”有一种“反包围”的意义。仅仅从字面意义上看，这很容易让我们想起伟大的《出埃及记》，摩西带领以色列人走出异教徒的包围，寻找真理和幸福。但是从《出梁庄记》的内容来看，它显然不是一个圣经式的拯救故事，甚至可以说它恰好是《出埃及记》的“反故事”，因为摩西缺席了，只有藐视人类的历史本身在引导这一切。除此之外，更有意思的也许是来自中国现代史的启示，早在1930年代，中国革命的领导者们就提出了农村包围城市的革命战略，并通过这一战略获得了革命的成功，在这一历史过程中，农民作为一个阶级获得了前所未有的文化主体地位。这是中国极其独特的历史语境，这一语境恰好构成了《中国在梁庄》《出梁庄记》等一系列以农民为书写对象的作品的潜在背景，正是因为农民阶级一度在中国当代史上的主体地位，当历史在1990年代发生逆转之时，当城市开始包围农村之时，当现代化不停地以牺牲农民和农村的利益而向前推进之时，农村和农民的命运尤其显得富有戏剧性和悲剧感。我特别需要提醒的是，从中国现代历史的脉络来看，我们今日的社会其实是一个不断背叛的社会，背叛农民，背叛工人，背叛知识分子，与此同时，这些群体之间，这些群体的内部，也在不停地发生着背叛。这种背叛导致的最严重后果之一，就是阶级与阶级之间，群体和群体之间，甚至是个人与个人之间产生巨大的隔阂，这是另外一种意义上的“围”，我们彼此自动区隔，拒绝去观察、记录、对话，最终拒绝理解彼此。

像那些伟大而残酷的时代一样，比如19世纪，对于今日中国的观察要求我们有一种摄像机般的冷静和客观，去记录和呈现那些看不见的阶层和那些被过滤掉了的生活。他们毫无疑问是这个时代庞大的失语症患者群，但恰好是这群失语者的背后，有着丰富而庞杂的故事空间。当镜头打开，哪怕是像梁鸿这样一种朴素的采访式的扫视，单一的历史也变得丰富和生动起来。在此时刻，梁鸿不仅仅是一个记录员，她更是一个倾听者，她要放弃自己的成见和经验，不仅要以一种全新的方式去看，更要以一种全新的方式去听。德国哲学家瓦尔特·本雅明在论及现代之时，特别强调“讲故事的人”，但本雅明却没有意识到，在现代之后，在今日的中国，“听故事的人”和“讲故事的人”同样重要。只有在这种平等的“讲”与“听”之间，历史才不会被知识、观念、理论所阻隔。历史原来就是我们的父母先人，历史原来就是我们的兄弟姐妹，历史原来就是亲人啊，只要我们放弃了姿态，他们就变得清晰可见，他们就变成了真正的人，在我们身边发出虽微弱却温暖的呼吸。原来他们并非失语了，他们只是被一种语言所阉割——那种所谓现代的、文明的语言，他们一直在以自己的语言，同时也是以自己的血肉之躯在创造并讲述着历史。



《出梁庄记》在叙述上的最大特色就是多种叙述声音的并置交错。这里面，首先有一个典型的叙述者，这个叙述者既是梁鸿，又高于梁鸿，也就是说，通过《出梁庄记》中的叙述，梁鸿实现了其自我的一种超越。更多的叙述者由此纷至沓来，讲述其个人故事，这里面既有像梁军这样开场就陷入永恒沉默的亡灵，也有像梁磊这样接受过高等教育能够叙述并反思自我的个体，更多的人，如大哥、二哥，他们凭借某种语言的本能来勾勒自我的生活。他们意识到他们的失败和屈辱了吗？更进一步，这种失败和屈辱是否是一种语言的强盗般的指认，根源不过在于知识分子冷冰冰的启蒙逻辑？在《中国在梁庄》出版之后，就有评论指出梁鸿的叙述视角过于知识分子化，但是如果没有这种知识分子的视角，梁庄这一“风景”会被自动呈现出来吗？显然不会。梁鸿不可能活在现代的“身份政治”之外，即使她万般克制，她依然不得不服从于与其身份相一致的生理性反应。在《出梁庄记》的开篇有两个细节值得一提。一是她在农民工聚集的城中村德仁寨看到的生活环境：“挨着二哥房间左边，是一个公用厕所。……房间约有十五平方米大小，地面是灰得发黑的老水泥地。进门左首是一张下面带橱的黝黑旧桌子，橱门已经掉了，能够看到里面的碗、筷子、炒锅、干面条、蒜头、作料等零散东西。桌面上放着一个木头案板，案板上放着一大块红白相间的五花猪肉。”一是对其下榻的“如意旅社”的叙述：“如意旅社不如意：房间积尘满地，鞋子走过，能劈开地上的灰尘。床上可疑的物品、拉不上的窗帘不说，到卫生间，那水池里的污垢让人气馁。小心翼翼上完厕所，一拉水箱的绳子，绳子断了。转而庆幸，幸亏还有个热水器，虽然面目可疑，但总算还可以洗澡。”如果梁鸿没有一种先在的生活经验，她能感觉到这环境的肮脏和不洁吗？或者将主体置换一下，那些农民工，那些梁鸿所采访的对象，他们会觉得他们的生活环境肮脏或者不洁吗？或许也有，但他们肯定没有梁鸿这么敏感，因为对于他们来说，这就是他们的日常生活最结实的一部分。这里出现了一种典型的断裂，一种生活和另一种生活的断裂，一种经验和另一种经验的断裂。毛泽东在《在延安文艺座谈会上的讲话》中曾说过一段非常著名的话：

> 拿未曾改造的知识分子与工人农民比较，就觉得知识分子不干净了，最干净的还是工人农民，尽管他们手是黑的，脚上有牛屎，还是比资产阶级和小资产阶级知识分子都干净。
>
> （《毛泽东选集》第3卷第851页）

这一段话曾被奉为经典，并成为农民和工人确认自我主体的重要法理依据。但现在似乎又回到了这段历史之前，农民和工人再次被降格为“不干净”的群体，而资产阶级和小资产阶级（当然包括可怜的知识分子）则沐猴而冠，窃取了所有优美词语——文明、礼貌、谦让、高雅、干净——来为自己涂脂抹粉。梁鸿应该是对此保持有一定程度的警惕，在《出梁庄记》中，她尽量克制对其采访对象生活的厌恶和反感，她知道如果不首先克制这种生理性的反应，她就无法在精神的层面和他们进行有效的勾连。因此，在我看来，以《出梁庄记》为代表的这种非虚构写作，在更大的层面上应该是实践性的。它暗示了当下中国因为匮乏而尤其需要倡导的一种实践态度，一种生活和工作的方式：一个人不仅应该写，还应该像他写的那样去生活。或许没有人能真正做到这后一点，但即使我们不能像我们写的那样去生活，那么至少，我们应该在情感的层面上和我们的对象保持必要的血肉相连吧。从这个角度看，《出梁庄记》有某种“和解”的意味。城市和农村之间的和解，知识分子和农民阶级之间的和解，更具体一点，一个出身农民阶级的知识分子与她背叛了的阶级之间的和解，或者更大一点，我们和他们之间的和解——归根结底，也是人与人之间的和解。和解需要一个契机，一个结点，一个合适的舞台和故事，这是和解的密道。梁鸿找到这个密道了吗？我不知道。就在我读到《出梁庄记》的一个下午，我办公所在地的大楼正在进行维修，我在大楼前的工地上遭遇了一个男孩，他十六七岁，正光着上身，坐在一架小型挖掘机的驾驶窗里，非常娴熟地操控着机器。当我走过他前面时，他突然停止，目光直直地盯着我，带有某种挑衅的色彩。那一刻我们四目相对，我觉得我不能理解他，就好像他也不能理解我一样。那一刻我强烈感受到了一种割裂，虽然我们近在咫尺。我想起福斯特《印度之行》中的一句话：“因为走了不同的路，要和解，还不是此时，也不是此地。”



《出梁庄记》究竟想要表达什么？是法国社会学家孟德拉斯所谓的“农民的终结”，带有那么一点迟疑和审慎？是重新看见那“看不见的阶层”和看不见的资本的“手”，批评原始积累的恶贯满盈？是中国现代化的寓言，带着我们爱憎交织的情结？全部都是，也全部都不是。梁鸿或许会被这些概念和理论所绑架，并被胁迫进各种社会学、历史学的微言大义中，但是好在她有一个作家的敏感，她以一种直接性——他者的语言和他者的故事——突破了这种种的桎梏。在这个意义上，她不过是在写人——这亘古不变的，不服从于任何观念的动物——普遍的求生的欲望意志。在《出梁庄记》中有一幅“他们在西安”的照片，照片中的九个男性建筑工人笑容灿烂地面对镜头，他们背后，是高大的脚手架和尚未完成的景观楼体。——是的，他们在笑，这笑容感动了我，历史在此刻依然残忍，生活在此刻依然艰难，但是我们——这些活在历史和此时此刻的人——可以笑！这笑，似乎有一丝嘲弄和反讽；这笑，却又有更多的生生不息；这笑，如寓言一般蕴含着中国当下的种种复杂和神秘。



2013年8月28日终稿

# 从成长中解放
## ——《80后短篇小说选》序



2013年，“80后”依然是中国大陆文化界传播最广泛的名词。7月份和8月份，大陆“80后”最有市场号召力的作家郭敬明导演的电影《小时代1》和《小时代2》分别上演，以其超出想象的票房引起轩然大波，对其泾渭分明的褒贬臧否甚至构成了不同代际之间的一次针锋相对的文化辩论。但一个不容忽视的事实是，以“80后”这一“典型代际”为基础的“80后写作”概念虽然在大陆的文化媒体和文学批评中被一再使用，但对于其内涵外延的界定，依然处于一个相对模糊的状态，因此在讨论“80后写作”的美学倾向和可能性之前，很有必要对这一概念稍作辨析。

在我看来，在中国大陆历史语境中的“80后写作”，其实应该有狭义的和广义的区分。狭义的“80后写作”指的是2000年前后开始进入公众视野的青少年写作群，这一群体在最开始的时候主要由两个群体组成：一个是出自于上海的《萌芽》杂志社主办的“新概念作文”大赛的“新概念作家群”，包括郭敬明、张悦然等人，这一批作家以小说和散文创作为主；另外一个是诗歌写作群体，主要通过一些诗歌刊物和网络论坛发声。2004年前后，大众媒体开始大肆炒作“80后”概念，其中尤其以春树、韩寒登上《时代杂志》亚洲周刊为标志。因为诗歌天然的小众取向，在这一轮命名和传播中，诗歌被有意或者无意忽略，而小说写作则被特别突出。因此，严格意义上的狭义的“80后写作”实际上指的是以“新概念作家群”为主体的，具有非常典型的市场化特色的小说写作群体。这一写作群体的出现在当时最大限度地呼应了资本对于中国文学写作的想象：一代更年轻的写作者通过直接面对市场的写作，与既有的带有社会主义色彩的文学体制断裂，并通过这种“有效”的生产方式的转型，形成新的意识形态，即反抗威权和自由表达。在这一过程中，资本以隐性的方式重新界定了写作的指向：青春和想象力的双重消费。青春文学不仅仅强调这一批作者及其读者的生理年龄，更重要的是，它将“青春”资本化，生理的事实被改造为消费的事实。写作从一开始就指向一种等价的市场交换，而对所谓的想象力的强调，则与传统的现实主义相对，对虚构的崇拜恰好是将写作的基础建立在单原子的个体身上，并在最大程度上将“想象力”利润化。从这个意义上看，“80后写作”一开始就带有强烈的政治性，它是特殊时代的产物，与1990年代中国社会的资本主义转型暗通款曲。广义上的“80后写作”则模糊了这种狭义“80后写作”的意识形态指向，而更指向一种“客观”的生理事实，它不仅将上述具有市场指向的青春写作囊括进来，同时也将那些非市场的相对传统（比如期刊发表、批评圈子认定、主流评奖）的文学写作者纳入其中。最近几年来，一方面因为市场天然的追新逐奇的本性，一部分“80后”写作者的市场价值大打折扣；另一方面，传统写作者的人数又不断增加并逐渐扩大其影响力，广义的“80后”有逐渐覆盖狭义的“80后”的趋势。这或许印证了柄谷行人的一句话：历史一旦终结，起源即告忘却。但“80后”写作的历史似乎还处于进行时的状态，狭义的“80后写作”和广义的“80后写作”如何通过具体的写作成绩来进行文学史的较量，似乎还有待观察。



无论是狭义的“80后”还是广义的“80后写作”，在一个比较笼统的层面上，呈现出一些相似的美学症候。这些症候主要表现在如下几个方面。首先是城市题材的书写。相对于前辈作家（如“50后”、“60后”）对乡土经验的用力，“80后”作家更热衷于城市生活。中国的大规模的城市化进程大概始于1990年代，这正好是“80后”一代人的青春成长期。无论是生活在城市还是生活在农村的“80后”，都直接感受到了这一进程所带来的刺激和挑战。虽然在“80后”的写作中也有一些以农村为主要书写背景的，但这一背景也往往被置于城市这一巨大的镜像观照中，“城乡”关系是这些写作的地理学构图。在其内在的肌理中，城市已经内化为一道风景，所有的写作几乎都必须与城市发生或多或少的关系。纵观中国的现代文学书写，城市文学往往是缺失的一块，即使在三十年代有现代派的出现和80年代有上海倡导“城市文学”，与庞大丰富的乡土书写相比，还是显得薄弱。究其原因，不过是社会的结构一直停留在乡土的层面。而“80后”的城市书写，与中国的现代城市进程互为一体，在他们的写作中，城市以日常而非奇观、以生活流而非意识流的形态而存在。也许，在他们未来的写作中，会出现真正有价值的城市写作。也正是基于这一点，我们的这个短篇小说选本基本上选取城市题材小说，以作为一种方向的倡导。其次，是自我经验的陈述。在“80后”的写作中，一个非常常见的形式就是第一人称叙述，这是“80后”以“自我经验”为写作资源的最直接表现。对于“80后”的很多作家来说，写作的精神分析学其实是“我”——这一孤独的当下个体——对于世界的不适应感，这种不适应，往往又多附着于青春期的情感困惑。毫无疑问，青春期的爱欲完全可以成为伟大小说的素材，比如《少年维特之烦恼》等等。但是中国的“80后”写作，却又往往拘囿于个人情感的宣泄，而缺乏明晰的理智予以升华，因此在这些作品中更多的是情感的纠葛往复，有少年不识愁滋味的刻意，而少哲学精神层面的飞跃。这种自我经验的陈述，构成了一种我称之为“日记式”的文学，如果舍弃了一个外在的社会结构来赋予其意义，它就显得贫乏而孱弱。自我经验的陈述当然与成长的主题密切相关，但是因为内循环于自我，并不向社会和世界开放，因此这些“成长”变成了一种“伪成长”，也没有巴赫金所定义的经典成长小说具有的更新自我和改造社会的功能。在一些“80后”的作品中，甚至出现了一种“拒绝成长”的倾向。因为过于沉溺于当下性、即时性的私我，“80后写作”中有一种浓重的历史虚无主义倾向。这是“80后写作”最有意味的一点。“80后写作”中的虚无主义几乎是无意识的，这与以前的文学史上的虚无主义非常不一样，1980年代的虚无主义有其明确的反对对象，虚无主义不过是手段用以解构“革命”和“崇高”，虚无的背后，其实是明晰的理智和历史实用主义。而在“80后”这里，这种虚无并无明确的所指，似乎是一种必然如此的呈现。在80后的很多作品中，人物往往没有“历史”，在某个瞬间出现，又在某个瞬间消失，过去与未来都被挤压在当下，而当下又不过是一片混沌的物质世界。“80后”由此轻而易举地从历史中逃逸了出来，将数代人的重变成了一代人的轻。这种历史虚无主义承接了1990年代以来中国文学写作中的反历史倾向，又在共时性的层面回应着冷战终结后资本主义一统天下的“你别无选择”（There is no alternative）的历史情境。



以上的总结似乎有批评的意思，但这并非我的本意。我想说的是，任何一种式样的文学写作，都裹挟着丰富的历史信息。只有裹挟了丰富历史信息的写作，才有可能成为传世的经典。“80后”有可以传世的经典吗？目前当然没有！可是“80后”已经三十有余了，这是多么可怕的事实！如果“80后写作”还依然停留在原有的轨迹上运行，将自我经验和历史虚无主义作为一种自动意识不加思辨地接受下来，“80后写作”还会有变化和进步吗？我觉得那是很困难的。好在历史总是不停地裂变，并在这些裂变中冲击每一个个体的心灵和精神，21世纪的第一个十年，中国史与世界史几乎同时在进行着某种裂变和逆转，我不知道我的那些同时代的甚至是同年龄的作家和艺术家们是否感受到了这“最好的时代和最坏的时代”，但是在一些人的作品中——比如我们这个短篇小说选入选的各位——一些变化确实在发生，这些变化包括：从自我的经验中解放出来，勇于面对生活世界的复杂性，不仅仅自恋于一己的情绪，而是通过社会互动的方式，将文学的经验拓展和扩大，最终以求得新的美学原则和新的历史的可能性。这是我乐意看到的方向，并愿意与之共勉。

最后需要说明的是，因为篇幅的限制，很多优秀的作家作品未能入选，只能等到以后另觅良机。感谢入选的各位作家慷慨赐稿。英文翻译以及更多的工作由香港大学的宋耕教授承担，外研社的邓晓箐女士提供了出版方面的便利和帮助。在此一并致谢。

2013年9月11日于北京

# 日常书写的直接性
## ——关于马小淘

如果你年届三十，大学或者研究生毕业，在中国一线城市如伟大的帝都北京漂荡良久，如果你运气还不是那么差，恰好抢在房价一路飙升之前穷尽家庭所有在六环边买了一间小房子，然后你每天朝九晚五，像一只疲惫的油鸡穿梭在公交地铁上去挣一口廉价的吃食，我建议你去读读马小淘；还有另外一种情况，如果你已属大龄女青年，心比天高却又命如纸薄，在各种矜持、纠结、矛盾、臆想中投身于爱情婚姻的炼金术，最后却不无荒诞地发现原来那些轰轰烈烈地久天长的感情故事不过是自欺欺人的把戏，正剧不过是喜剧的前奏，归根结底也不过饮食男女人之大欲，那我也建议你去读读马小淘。



在马小淘最精湛的中篇小说《毛坯夫妻》里，一种几乎原生态的生活被呈现出来：雷烈和温小暖在北京东五环外十五公里的地方买了房子，因为没有足够的钱进行装修，他们干脆就住在“毛坯房”里。这对“毛坯小夫妻”有迥然不同的人生态度，雷烈在公司上班，一心一意挣钱养家糊口，甚至说的梦话也是“我要赚钱”。而温小暖则浑浑噩噩，安于做一个生活窘迫的家庭主妇，把全部的热情都消耗在食谱的研习和淘宝的廉价商品上。马小淘或许仅仅是将自己的经验毫不避讳地讲述出来，在我们的身边，不知道生活着多少个雷烈和温小暖。这篇作品由此变得可信，并以同构的方式展示了一代人的生存之困。但作为小说家的马小淘显然不满足于此，她以小说的方式强化、集中这种困境的强度和深度。《毛坯夫妻》中的雷烈和温小暖代表了不同的两极，雷烈具有“进取型”的人格，他在困境中努力挣扎，并以极大的诚意去克服困境，并试图将自己惨淡的人生变成哪怕稍微有点“励志”的故事。而温小暖则代表了另外一极，她以一种“拒斥”的态度抗拒着自我的“社会化”——“老子不干了”——这是她辞职时的豪言壮语。不能简单地说温小暖是那种毫无上进心的女性，恰好相反，她有一种发自本能的对生活的热情和执着，对一顿早餐的煞费苦心的安排已经暗示了这一点。温小暖的“非进取”的对象是“社会”，她无意在社会结构中获得其位置或者说“成功”，她“进取”的对象是家庭和自我。她是一个高度审美化的人物，这种审美化，不仅是指她作为马小淘笔下的一个小说人物形象所具有的美学特征，更指的是她作为一种社会存在所具有的“别具一格”的意义。



温小暖作为马小淘创造的最有魅力的人物之一，显然不能被轻易放过。在作品中，马小淘精心安排了一场对手戏：温小暖和雷烈参加同学的周末聚会，而聚会的地点安排在雷烈的前女友，如今已嫁作商人妇的沙雪婷的别墅里。这是富有戏剧感的经典场景，在《了不起的盖茨比》中，男主角盖茨比以奢华的周末舞会来展示自己的成功以及对于所谓“爱情”的坚贞不渝，这是典型的欧式中产阶级的爱情哲学——企图以物质的充裕来救赎爱情的失败，结果不过反证了爱的不可重复性。在沙雪婷的客厅里，这种中产阶级式的情爱想象不过如吉光片羽一掠而过，它迅速被置换为一种中国式的物质盛宴，沙雪婷的别墅、家装、衣服、食品以及她本人的精神气质证明，中国的当下不过是一场暴发户的赞歌以及笑贫不笑娼的道德二人转。按照惯例，这种场景的书写会导致两种结果，一是主角在这种强烈的物质对比中体验到彻底的失败感并放弃自己的道德准则，加入到这种并不道德的行为方式中去；二是主角调整自己的生活角色，变成一个进取型的有为女青年，以合乎社会规范的所谓“奋斗”的方式去改写自己的人生。但是马小淘颠覆了这两种可能，温小暖不想成为沙雪婷，也没有任何的迹象表明她从明天起要做一个“积极”的人——上班，挣钱，融入世界。恰恰相反的是，她觉得她现在就是一个“幸福”的人，她无比陶醉于此时此刻的生活，沙雪婷的世界和她无关，那种奢华的物质铺张甚至没有引起她太多的不快，即使有点小小的嫉妒一度涌上心头，但是她几乎是在一瞬间就将其抛弃到了脑后：“我又不认识她，我跟她厉害啥！再说你看她装腔作势的，在屋里披个破披肩，这什么季节啊，这么暖和，又不是篝火晚会。这种显然不是正常人啊，要么就是太强大了，强大得都疯了，我可不没事找事跑去招惹她；要么就是太虚弱了，我不向弱者开火，我有同情心！再说，我干吗跟你前女友掐，前人种树，后人乘凉，她不走，我能来吗？我属于接班人，不能太欺负人，是吧！”

《毛坯夫妻》在对社会现实严格摹写的同时指向一种自我认知和自我确认。温小暖以一种颠倒的方式解构了沙雪婷所代表的“欲望”的合法性，这种“欲望”被指认为是一种自我的孱弱或者人性的降格，与此同时，将自我的行为（同时也是一种欲望）无限正当化。温小暖由此更清晰地确认自己的目标是做一个“现在的人”，一个生活在“毛坯房”里的此时刻的个体。里尔克通过《杜伊诺哀歌》向我们暗示，现代人因为缺乏动物准确无误的本能和完整的意识，往往摇摆在正在做的和可能做的之间，是“没有填满的面具”，只是半心半意地扮演我们被分配的角色，因此，我们缺乏足够的生活力量。可是温小暖似乎没有多少摇摆和犹豫，她有一种发自动物性的对于自我的热爱和守护，她似乎一直在全心全意地扮演自己的角色。因此，温小暖不会分裂。在马小淘所有的人物中，都有一种有别于现代文学传统的人物性格，他们活在日常生活的表面，没有太多的现代式的内面性，以一种简单明了的方式来完成自我。那么，我们是否可以说温小暖就是一种力量的象征呢？似乎又不能这么说。无论是在雷烈还是在温小暖身上，他们都分享了一种共同的背景，那就是社会性想象的普遍崩溃。温小暖坚守“毛坯房”是对这种崩溃最积极的回应，她由此再造了一个主体，并在这个封闭的空间里面完成一种非社会化的自我，而雷烈，虽然他不得不继续奔波劳碌，实际上他已经认同温小暖的方式，并以尽其所能来呵护这种看似软弱实则坚韧的存在。

或许我不应该小题大做，将马小淘笔下的人物都赋予如此复杂的意义指涉，毕竟，他们在更多的层面不过是世俗的男女，流连于日常，醉心于琐碎。长篇小说《慢慢爱》处理的正是这样一个日常琐碎的题材，女主角冷然以婚姻的名义周旋在数个男性之间，一方面是热情的投入，一方面是冷眼的旁观，即使在最表面的意义上，我们也能看出冷然所具有的症候性——爱情与婚姻的分裂已经成为当下中国的普遍事实——对爱情近乎病态的寻求不过是婚姻功利主义的镜像，他们互为意识形态，像紧箍咒一样束缚着当下女性自我的生长，最后冷然不无悲哀地发现，她孜孜寻求某种理想的爱情和婚姻，却不过回到了最初的起点，生活好像一个圆圈，她并不能找到出口。严格意义上，《慢慢爱》并不具备一个长篇小说所必须的故事、结构和多重世界隐喻，它更像一个短篇的组合或者一个中篇的拉长版。但即使如此，当我们被冷然的命运所牵动，走进一场“大城小爱”的多幕戏，某种世俗的热情依然会打动我们。在这个意义上，《慢慢爱》有些世情小说的味道，只可惜这世情的背景还没来得及完全展开。在生活的广阔性和丰富性方面，很显然，马小淘还需要长久的修炼。



无论是温小暖式的“消极”，还是冷然式的“世故”，都有一种小资产阶级式的东西笼罩在马小淘的作品中。马小淘深谙这个群体的心理和行为，他们的痛苦和快乐，马小淘对他们有一种潜在的认同感，并在某种程度上将自我投射到他们身上，她不忍心伤害他们小小的虚荣心，所以给他们安排没有风险的世界。只是在偶然的时候，她有恶作剧之心，也会设置一点惊险和误会。在短篇小说《迷失东京》中，女主角谢点点像大部分普通女青年一样，在朋友的撮合之下认识了朱洋，于是踏上了非常程式化的婚恋之路。但这篇小说的出彩之处在于安排了一个小小的“迷失”，谢点点和朱洋去日本做婚前旅行，但就在返程的前一个晚上，朱洋居然离奇般地消失了！无论如何，在一个平淡的婚恋故事中安排这样一个稍显诡异的传奇情节，怎么看都有点不太协调。但是，谁又能担保日常生活的背后不就是一连串的传奇故事呢？或许在马小淘的初衷中，她不过是为了让故事更好看一些。但在我看来，这次有点牵强的“迷失”却蕴含着别样的可能。这是马小淘封闭的故事结构中的一个意外，它意味着小资产阶级也许可以逃脱“日常生活”的常规“功能圈”，去开创一种新生活的可能。读过村上春树的人对这种情节肯定不会陌生，在村上春树的作品中，人物突然从一个世界经由某种入口进入另外一个世界，于是，复杂性被洞开了。我的意思是，《迷失东京》中的“迷失”完全可以更戏剧性，更神秘化，更不可思议。在这种“迷失”中，蕴含着新的写作原则。但马小淘让“迷失”者又主动返回，同时给迷失一个看起来十分充足的理由，她以非常日常的原则将这种非日常的灵光修正了。这或许就是我们当下时代情爱想象的限度，仅仅只是在异乡有一次那么稍微出格、稍微痛苦一点的出轨，然后，一切恢复俨然的秩序，日常生活永垂不朽！在这种“不朽”中，“迷失”并不能像《倾城之恋》中那样成全爱情，它仅仅成全秩序。



既然在故事的冒险性上不愿进行太多出格的处理，那么，马小淘如何将自己的写作区别于他者？在这一点上，马小淘式的语言发挥了重要的作用。在我看来，至少在目前阶段，马小淘是一个语言风格极其鲜明的作家，这种语言风格表现为一种口语式的狂欢，一种完全不经书面转化的口语在作品中被大量铺陈，它们最后甚至不仅仅是塑造了人物，而是直接构成一种审美性。有时候我甚至想，即使没有故事和情节，仅仅是读一读马小淘式的语言，也是很愉快的一件事，仅举一例：

别扯这些没用的，别跟我整什么昨是今非物是人非的陈词滥调。你知道我这一年是怎么过来的？我想掐死你也没用，你已经消失了。所以我一次次在心里掐死你，你不是自己跑掉的，你是被我掐死的！我从来就平凡，根本不想经历什么跟别人不一样的事情。我没体会过在风口浪尖的滋味，我也没兴趣。从小学我上课就不举手发言，虽然老师点我我也能答上。我没当过班干部，老师觉得我成绩还行，让我当我也不当。谈恋爱也是这样，我是想过要嫁给王子，但那只是一闪而过的念头。我从没预备跟谁殉情，不化蝶，不喝药，我要的就是家长里短的日子，一地鸡毛。再说我要是想谈一次惊天地泣鬼神的也没必要跟你，你开始伪装得多好，一副老实巴交居家男的模样。我是为了脚踏实地才跟你好的，谁知道你还真是个过山车，我都没反应过来就被甩到天上转晕了。下边还全是看客。

这是《迷失东京》中谢点点的一段话，这段话类似于戏剧的独白，它展示的不仅是人物的心理和行为，同时也是对这种心理和行为的瓦解。在马小淘的作品中，类似的语言比比皆是。在发挥得最得心应手的时候，典型的马小淘式的语言指向一种重叠的解构：它解构了“文艺腔”以及“文艺腔”背后高度自恋的个体形象，这类个体往往不过是作者私我的一种放大；它解构了现代写作惯有的语言深度模式，这种深度模式在大多数时候已经成为陈腐的惯例。马小淘几乎是以一种天性和本能塑造了一种“直接性”——故事、人物、语言与现实的无缝对接——由此形成其独特的反讽式的日常书写风格：不仅反讽我们当下生活的现实，同时也反讽我们可怜的自恋和虚荣。



2013年4月3日于望湖城

2013年4月5日再改

# 抵抗的“假面”
## ——关于“韩寒”的一些思考

### 一　抵抗的“假面”

竹内好在谈及日本1950年代青年人面临的困惑时说：“青年的主要要求，如果离开直接的生存问题来说的话，就是自我完成吧。这是难以抑制的生的欲望，作为其本身来讲，是应该被尊重的。然而，当今的多数青年，通过自己的切身经历，已深感走西欧的道路是不可能到达自我完成的境界的。……如果不用某种方法来调和与整体的关系的话，就很难完成自我。这一问题确实是存在的。由此，一方面产生了虚无主义和存在主义的倾向。的确，安于这种现状的人不少。但是另一方面，也有不满这种现状的人，而且在不断增加。虚无主义和存在主义是西欧个性解放过程中的产物，所以，在以表面是现代化还未成熟的个体为条件建立起来的日本社会里，想要诚实地生存下去，诚实地思考的人，是不能长期停留在虚无主义和存在主义之上的，这是不言而喻的。因此，他们想到别的地方去寻求解决问题的方法，乃至发现问题。”[1]通过我个人的经验和观察，我以为今天大多数的中国青年大概都面临着如竹内好所言的问题和困惑，在他们还没有面对严峻的生活现实的时候，他们大概还能耽溺于存在主义和虚无主义之中自我安慰，但是一旦面临生活的真实的境况——正如我在三十岁时才强烈感觉到的失败感——他们立即就会明白，除非成为一个自我放逐



[1] [日]竹内好：《新颖的赵树理文学》，收入陈飞、《新文学》，张宁主编，大象出版社2007年版。

者，否则，虚无主义和存在主义是脆弱而无效的。大多数人不会自我放逐，也不甘心被社会放逐。他们必须寻找新的偶像，寻找新的思考问题的方式和表达自我的方式。现在，郭敬明的“小时代”已经被转移到了更年轻人的手里，而自认为长大成人的“80后”们会问：“今天你读韩寒了吗？”

最早知道韩寒这个名字大概是在2002年，有一天我在图书馆的旧书处理摊点翻书，一个朋友指着《三重门》对我说：这就是那个几门成绩挂红灯的高中生写的小说。我拿起来翻看了几页就放下了，几乎没有任何印象。2007年以后似乎有了戏剧性的变化，记得有一次张悦然在飞机上对我说：“韩寒现在是公共知识分子了。”这让我觉得很惊讶，因为在我的理解中，公共知识分子是一个非常崇高非常神圣的名词，它和一连串的经典人物联系在一起：萨特、福柯、萨义德、鲁迅等等。一个和我年纪一样的“80后”青年怎么就成了公共知识分子呢？他是怎么公共？又是如何知识分子呢？但不管如何，韩寒正日益成为我们生活的一部分，这是我无法选择的事实。在北京的地铁站里，韩寒为“凡客”代言的巨幅广告矗立在每一个过客的眼前，打开电脑，各大门户网站经常性地跳出“韩寒发表××”等内容，用一句网络流行词来说，我被“韩寒”了。这或许不是韩寒本人所追求的效果，韩寒本人也一再表示，他不代表任何人，仅仅表达自己。在2010年的一次微博交流后，他注销了他的微博账号，因为他认为这次交流被商业利用了。但是不可否认的是，无论韩寒多么特立独行，他的特立独行都成了一个被刻意放大和赋魅的“事件”。《北京青年报》文化版的一个记者曾对我说：“韩寒是文学圈内唯一有新闻效应的人，而且效应很大。”她说的是事实，但是这个事实同时也给我们提供了解释韩寒现象的一个切入口。韩寒是文学的，同时又是新闻的；韩寒是独立的，但同时又是合谋的。或许正是这种多重身份，使得他能够获得一致的认可。中国某教授就曾经夸大其词地说：全中国的教授加在一起，影响也大不过韩寒。在《上海文化》2010年的一篇文章中，韩寒被认为是鲁迅的接班人。徐贲在《美国人看不懂韩寒》中也认为："在韩寒博客中，可以看到一种'思索'比'思想'更重要的写作方式，它没有一定的形式，有话则长，无话则短。但总是在绕着弯子，尽量安全地把真话说出来。他的博文零零碎碎，但思考者与思考对象始终交融在一起，整体性则是来自这种交融。那是一种因韩寒这个'我'才有的整体性，喜欢他的博客文字，就会喜欢他那个人，反之亦然，这样或那样，都成了他的粉丝。"[1]作为一个作家的韩寒和作为一个公众人物的韩寒或许都有其值得赞誉和信任的地方，在很多人看来，韩寒的魅力来自于他抵抗的姿态和抵抗的方式。抵抗的姿态是指，他总是能够及时地对社会公共事件做出反应，并像《皇帝的新衣》中的那个小孩子一样，说出真话："韩寒的话语玩的是一种不按常理出牌的真实话语游戏。韩寒的许多听众从韩寒那里寻找的正是这样一种刺激感，而未必是什么振聋发聩、闻所未闻的全新见解。"另外一方面，就抵抗的方式来说，"韩寒又很'会说'，更加增加了他说话的刺激感"。于是，韩寒的4.5亿的博客点击量就成了一种"抵抗"的标志。



我对此是持保留意见的。实际上，一个事件的发生，然后有人对此发言，有些人发言会好一些，有些人发言会平常一些，这都是很平常的事情，但是像这样把韩寒的一些博文提高到"意见领袖"的地步，这或许也只有在当下的中国才会发生吧。韩寒或许说的都是真话，但是我相信说这样真话的人在中国很多，而这些人因为缺少表达的平台，也缺乏相应的传播条件，所以就被遮蔽了，而在遮蔽这些发言的同时也就无限夸大了韩寒言论的正当性。如果说韩寒确实在实施一种抵抗，那么在我看来，在本质上这是一种"媒体的抵抗"，"媒体的抵抗"的特点是它的指涉是单一的，它抵抗的对象是确定的，它抵抗的内容是公共话题中最讨巧的一些东西。在韩寒博文中最常见的是对于政府腐败的嘲讽和调侃，这一方面固然是因为腐败确实是需要抵抗的东西，另外一方面也是因为这一话题最能吸引大众的眼球。最

[1] 徐贲：《美国人看不懂韩寒》，《南方都市报》2010年4月15日。

让我担心的是，韩寒的这种看来很“新鲜”和“幽默”的表达方式可能潜藏着致命的问题，那就是，很多重要的问题被表达的形式所掩盖了。如果说得刻薄一点，在韩寒的很多博文中，有一种巧言令色的成分，他既没有从根本上去廓清一个问题，也没有在表达上给现代语言提供新颖的东西，所以徐贲担心韩寒是否会永远保持其新鲜感是有道理的。

在我看来，如果说韩寒的抵抗是成立的，这种抵抗仅仅是在一个非常简单的层面上成立，那就是利用媒体的作用，借助舆论的力量，来满足一种即时性的发泄欲望。这些东西，无法对道德和人性的重构起到有效的作用，也难以推动社会和文化的进步。从这个意义上说，韩寒的这种抵抗是非常消极的，从表面上看他是在反对体制和不公，实际上他只是在和体制“调情”，他在“不能说”和“能说”之间找到了一条非常安全的道路，我以为这是韩寒最不真诚的地方。但是对于“80后”的年轻人来说，这恰好是他们欣赏韩寒之处，他们知道，真实的抵抗是要付出昂贵的代价的，而这种抵抗的“假面”，则是共赢而无害的。我的一个朋友在她的博文里面一针见血地指出了这里面的某种利益关系：“在一些人眼里，从公众人物到公共知识分子，韩寒完成了新世纪的华丽转身。也许有人会说时代变了，公共知识分子的内涵也变了，是的，时代变了，网络推进了中国的民主化进程，如今的公共知识分子用不着冒着失去生命和自由的危险发表宣言、起草联名信、上街游行了，他们只要在职业之余，上一上网，人肉些必要‘信息’，再在博文里留下几句损政府、嘲弄世道人情的绝话以充当‘檄文’，然后就会在顷刻间传遍整个网络，成为网友们泄愤的暗语。别小看这些绝话，那还真属韩寒的绝活，作家的言辞技巧，到这个时候发挥了最大魅力。于是，所有尚有不满和良知的人们就这样跟着韩寒‘公共’了一把。也许韩寒本人是拒绝这样的标签的，但他却无法拒绝他的责任，他对于这个时代的责任是什么呢？既然受益于《萌芽》的造星运动，自然有义务回馈社会，既然被推到了这个位置，就要对得起公众人物的角色，所以他要说，他只能说，但他还不能说得太露骨，太激烈，太投入，因为他是80后，他是凡客，他是韩寒。”[1]

## 二 文学的抵抗

不过我不得不承认，即使韩寒有这么多值得怀疑的地方，他依然代表了某种勇气。我想每一个对这个世界的不公保持必要的正义之心的人，可能都希望自己能够像他那样去发言。而这种勇气，并不是每一个人都具有的，我还记得2006年我刚刚博士入学的时候，学校的宿舍管理科突然颁布了一个非常荒谬的规定：禁止异性进入每一个学生公寓楼。这条规定立即在学生中引起轩然大波，很明显，这是一个管理者为了推脱管理的责任而无视学生人权的做法。因为找不到实际解决问题的渠道，大家就在学校BBS上发表抗议的言论，当时我一连发表了两个帖子，表达对学校这种管理制度的不满，因为语言“过激”，很快学校的管理部门就找我谈话，我记得当时一个管理人员对我说：“你说的革命是什么意思？”然后很严肃地警告我不许再发表相关言论。这一个小小的经历让我意识到任何一种真实的表达可能都是要冒风险的，不管这风险是大还是小。所以我对韩寒的质疑实际上已经把他置于一个更高的高度，这个高度对于我个人来说，是难以企及和做到的。我对他的求全责备与其说是出自一个批评家吹毛求疵的职业习惯，更不如说我是在他的身上看到不可能的可能性：我对韩寒抱有更多的希望，我希望他的抵抗更有深度，更有力量，更能代表一个时代的思考品质——而在我看来，文学比短小的博文更能达到这个目标。也就是说，我希望韩寒能从一个真正的作家的角度来完成抵抗——我将之命名为“文学的抵抗”——也就是他通过文学化的方式（对韩寒来说当然是小说）来表达一代人对于这个时代的思考和体验。韩寒似乎也有这种自我期许，他一再强调他的职业是作家，不是



---

[1] 这是清华大学博士生赵薇在其一篇博文中对韩寒现象的评价和理解。见http://blog.sina.com.cn/s/blog_486548490100o6gq.html

赛车手，也不是书商。但关键问题是，韩寒因为过于受制于他的“媒体抵抗式”的写作和思考方式，严重损害了他文学式抵抗的品质。

在2010年推出的重要小说《1988，我想和这个世界谈谈》中，韩寒似乎企图通过小说这种形式来更全面地表达他的思考。我是满怀希望地在第一时间内读完这部小说的，但结果非常失望，无论从任何一个角度来看，这都是一部很蹩脚的小说，即使连韩寒的“粉丝”们也不得不对这部小说持保留的态度，我在豆瓣网上看到了下面的这些评论：



或许韩寒写了太多的博客和杂文，这些博客和杂文对他的影响太大了，渗透到了小说里。《光荣日》和《他的国》里我已经看到了用力过猛的迹象，《1988》里依旧。小说里有非常多的反映现实的片段和情节，这里面自然有非常机巧非常合适的，也有让人感到明显的人为的痕迹的。我非常喜欢关于“钓鱼执法”的影射，把黑车换成了卖淫，同时我也很不喜欢关于朝鲜的那部分。我把那段贴在这里：

娜娜明显很高兴，道，那我当然不会让她看见我做的生意。我就把她弄得漂漂亮亮的，去好的学校念书，从小学习弹钢琴，嫁的一定要好，我见的人多了，我可会看人了，我一定要帮她好好把关。如果是个男的，我就送他出国，远了美国法国什么的送不起，送去邻国还是可以的，比如朝鲜什么的。

我不禁异样地看了她一眼。

女孩子在构想未来的时候总是特别欢畅，娜娜始终不肯停下，说道，到时候，他从朝鲜深造回来，学习到了很多国外先进的知识，到国内应该也能找个好工作，估计还能做个公务员，如果当个什么官什么的就太好了，不知道朝鲜的大学好不好，朝鲜留学回来当公务员的话对口不对口……

我情不自禁地插了一句，对口。

在小说的后半部分还有相关的呼应，在这里我就不打了。我不知道别人是怎么看这一段，也许会觉得有趣，觉得很讽刺，可我看到的只有两个字，刻意。并不是因为朝鲜敏感或者朝鲜让我敏感，只是我觉得这段很像是生拉硬拽到朝鲜来的。我们可以明显看到韩寒的意图，也可以看到韩寒的手法，在这一点上，是不好的。

好的小说在风格上应该有统一性的，在节奏上也应该是有序的。遗憾的是在《1988》里出现了一些让我感觉突兀的地方。或许他真的写了太多的博客和杂文，这真的很遗憾。

……

回到小说。社会现实给了韩寒太多的素材，可韩寒并没有完美地使用它们。写小说和写博客不一样，急迫地随意地去写就会留下遗憾。

我打四颗星，剩下的那一颗，是对韩寒的希望，也是对我们自己的希望。[1]



这个豆瓣网友的评论大概代表了某种很真实的声音，分析也非常到位。[2]在《1988》这本小说中，媒体式的写作代替了文学的写作，媒体式的嘲讽取代了文学式的戏谑。韩寒甚至都不会讲一个有意思的故事，为此他不得不一次次中断，通过回忆来把故事推动下去。一方面是简单的“80后式”的怀旧，一方面是简单的对于政府和体制的解构，这就是《1988》的全部内容。与奥威尔的《1984》相比，韩寒的写作显得矫情而缺乏格局。在《途中的镜子》中，莫里斯·迪克斯

[1] 莫陶客 2010-09-24 发表于“豆瓣网”，下面的跟帖较多，比如曾小小认为：“韩寒的东西看多了也就那样了，没什么意思，也启迪不了我，也帮助不到我…… 只能解气”；coldyuye 认为：“他的小说是他的杂文的延伸 小说并非他最擅长的 他有些随意了 其实他也许该多花些时间和功夫在小说上 正如你说的‘社会现实给了韩寒太多的素材，可韩寒并没有完美地使用它们’； echocheng说：“我只看过《三重门》，还是读高中那会儿。高一那会儿，twocold同学很火啊，于是我就颠颠地看了他参加萌芽的复赛作文，以后就没看过。博客里充斥着自己什么都看透什么都嘲讽什么都无谓的调调，不太喜欢”；Wense说：“平时韩寒的博客我也是不看的，就像你朋友说的那样，没什么意思，何必浪费时间在对自己没用的东西上呢？这是一个时势造英雄的产物，有多少人是‘被韩寒’了，这显然很符合人们从众的心理。 博客来造势，杂志来煽情，再搞本小说来圈钱 —— 看完这本书，没留下什么印象。”

[2] 实际上这也说明了另外一个问题，所谓的“读者”或者“点击量”是需要进行分层讨论的，仅仅凭借数目字并不能说明韩寒的“重要性”。

坦认为《1984》不仅是一部政治寓言小说，更是一个带有实验色彩的典型文学作品，正是因为通过这一有效的文学形式，1984作为政治寓言的抵抗力量才凸显出来并成为一个历史的坐标。[1]但是在《1988》里面，粗糙的形式和芜杂的材料被强硬地拼贴在一起，韩寒在此甚至很难说是一个有意识的作者，而完全像一个中学生在写一份命题作文。他缺乏现代作者最基本的一个向度，那就是他缺乏真正的自我意识——在我看来，韩寒的“自我”是一个表面化的自我，因为他高度地执着于这种表面化的自我，他就从来没有深入自己内心的深处，他怀疑和嘲讽一切，但是却从来不怀疑和嘲讽自己——因为这种真正现代自我意识的缺乏。韩寒的抵抗，无论是媒体式的抵抗还是文学式的抵抗都缺乏真正洞察的眼光和震撼灵魂的力量，这种抵抗的“假面”背后，是历史虚无主义的阴影如影随形，阴魂不散，韩寒和郭敬明不过是“80后”写作的一体两面而已。



## 三 “主体”和历史坐标

如果从严肃的意义上来讨论韩寒、郭敬明等“80后”的写作，有一个问题是无论如何也绕不过去的，那就是主体的问题。真正的文学创作，都必须借助语言、故事和结构来呈现生活、解释生活并想象生活。而这其中，想象一种什么意义上的主体至关重要。最近我和青年批评家金理、黄平专门就“80后写作”做了一次“三人谈”，其中金理就提出了这个问题：“相比较之下，今天的‘80后’创作者以及他们所创作的青年人形象，都显得很单薄。当然，这一‘单薄’是历史性的‘单薄’，由多种原因造成。简单一点讲，在当下的世俗社会，人不仅在精神世界中与过往的有生机、有意义的价值世界割裂，而且在现实世界中也与各种公共生活和文化社群割裂，在外部一个以利益为核心的市场世界面前被暴露为孤零零的个人。这种个人的形象必然是单薄、狭隘、没有回旋空间的。”由此他区分了“80后”写

[1] 见[美]莫里斯·迪克斯坦：《途中的镜子》之《抵制希望的希望：奥威尔与未来》，上海三联书店2008年版。

作中比较常见的三种主体形象。“第一种，玄幻的、穿越的或者郭敬明《爵迹》式的小说，为孤单、原子式的个体提供了假想的温情与美学的抚慰，尽管这一温情与抚慰依然是通过精密而冰冷的市场逻辑生产出来的。第二种，似乎是与现实对接了，刻意呈现出一种‘中性’（去意识形态化、去精英化）化的生活状态，这种姿态很容易俘获大批读者，但很明显恰恰受制于消费主义的意识形态，比如郭敬明一些写当下生活的小说，衣食住行背后对市场社会主流价值全面认同。也许是我个人的偏见，看到那些描绘在‘中性’状态中自鸣得意、游刃有余的主人公，我总是心存疑虑。第三种是与现实短兵相接的，比如韩寒的《1988》，虽然我依然觉得艺术天分在韩寒那里更多地体现在他的博文上，而不是小说创作里。”[1]金理的这个分析很有意思，显然他对这些“青年主体”有种种疑虑或不满，但可以看出，他对于韩寒的这种“短兵相接”的“主体”依然抱有期待。我想这是我们这一批“80后”共有的矛盾心态，在我们自我的经验中，我们已经意识到了这个时代给予我们的压力和机遇，但是，正如我在文章开篇引用的竹内好所言，我们困惑于寻找什么样的方式来与我们身处的时代进行“短兵相接”的搏斗，更困惑于构建一种什么样的主体来表达我们对这个世界的想象和规划。



自“五四”以来，关于青年主体的想象和建构就一直被规划进民族国家的宏大叙事中，这一想象和书写因此也一直带有强烈的历史主义倾向。在我看来，在1985年以前，中国的文学书写都是一种“强历史书写”，与此伴随的是带有男性气质的青年主体形象的建构，从郭沫若的《天狗》“我是月底光，我是日底光，我是X光线的光，我是全宇宙的energy底总量”到北岛的“我不相信，我不相信天是蓝的，我不相信雷的回声，我不相信梦是假的，我不相信死无报应”。这些青年主体在与社会和历史的短兵相接中获得了其身份和意识，与此同时，也获得其“文学形式”。“文学”与“社会”就是这样在相互的

[1] 杨庆祥、金理、黄平：《“80后写作”与“中国梦”》，见黄平：《“80后”写作与“中国梦”》，北岳文艺出版社2015年版，第221页。

较量中获得存在和进步的可能。如果说存在所谓文学的“实感”，我想这才是文学的“实感”。但是对于我们这批“80后”来说，“强历史主义”是一开始就遭到排斥和拒绝的，我们接受的文学教育和文学想象更多源自于80年代末以来的“历史虚无主义”，它的指向是以解放个人的名义去拒绝社会、历史和他者。从某种意义上说，1985后的写作，尤其是“先锋派”的写作，是一种背叛历史的写作，它造成的影响深远的后果就是，当个人从社会和集团中剥离出来以后，却发现已经无法找到安身立命的参照系，在这个历史谱系中，无论是“70”后还是“80后”“90后”，都面临一个非常重要的问题，那就是，必须为自己的写作和思考重新确定历史的“坐标轴”，没有这个坐标轴的写作将会是不稳定的，无意义的，没有效果的。我正是从这个意义上来“理解”（而不是简单地批评）韩寒、郭敬明、张悦然、颜歌、笛安等一批青年作家的写作，对于他们来说，写作是一个更艰难的寻找和调整的过程，“主体”的生与死，历史的实感和虚无，最终将一一呈现于他们的作品之中，“文学”最终必须回到“社会”中来，而不仅仅是表面的抵抗或者自恋的假想，正如我们一个个孤独的个体必须回到社会和集团中来一样。挣脱抵抗的“假面”，回到真实的社会和历史现场，感受此时此刻此地的震感，更有尊严和更有意义的文学才有可能被创制。

2011年4月5日于北京

# 小说即“往生”
## ——读蔡东

一



“老头的躯体，康莲越来越熟悉了，此刻已不再慌乱，也没有了羞耻。她低下头，尿骚味喷了她一头脸，热扑扑的。裤裆晾开了，老头惬意地扭动身体，她虎起脸喊着别动，刺啦一声把纸尿裤扯下来。这会儿，不愿看也看得很清楚，老头胯下褐色的一嘟噜，软塌塌地垂落着。”这是蔡东最受赞誉的短篇小说《往生》的开头，仅仅读这一段，我们并不能了解故事的内容，但是就这一段的动作、神态描写来说，已经显示出了蔡东异于常人的观察力和刻画力：几个简单的动词、形容词干脆利落，一气呵成，由此呈现的，是一幅稍带压抑感的生活场景。这里面有某种不安的情绪，年近六旬的康莲和年近八旬的公公生活在一起，后者不幸患有老年痴呆症，生理和心理均不能自理，这男人和女人在一起会发生什么样的故事？有兴趣的读者自可以去阅读这篇精彩的小说。我更想追问的是，作为生于1980年的蔡东，为什么能写出这么“苍老”的，似乎与她的个人经验毫无关系的小说？我曾稍感好奇地去百度蔡东的相关信息，却发现鲜有收获，而她发给我的履历也不过区区两百字，记载的都是平常无奇的经历。说来我也曾与她有过一面之缘，但她即使在会后的聚饮中，也保持着某种并非刻意的沉默和谨慎——她在观察包括我在内的一切吗？——这种想法让我稍感紧张，但是，这不正是一个称职的小说家的本分吗？

无论如何，蔡东属于那种善于隐匿自我的那一类作家，这种隐匿最直接的表现就是她的作品很少以第一人称写就。即使早期的两篇作品（《凌霄凌霄》《结发》）以“我”作为叙述者，但正如饶翔所注意到的，这个“我”更多是一个观察者而非抒情者（饶翔：《追摹本色，赋到沧桑——蔡东论》）。克服自我经验的自恋和狭隘，以观察者的角色去进入他者和社会，在这一点上，蔡东不同于一般的或者说流行的青年作家，在那些作家的创作中，自我经验的无限放大并以这种自我去想象生活成为主要的写作模式，这是一种日记式的写作，在某种意义上，也是一种“以己度人”的写作。我不知道蔡东是有意还是无意，但从她的一系列作品来看，她完全克服了这种自恋式的写作方式，蔡东的“我”是一种“非我”，她完全将自我“隐形”，以此在最大限度上去书写他们的故事——她不为任何一个故事和人物代言，更不会以自己的想象去代替他者的生活，在《福地》《木兰辞》《往生》《无岸》等一系列堪称杰作的小说中，她呈现的是一副活色生香的“众生相”以及他们所能够携带的历史的、社会的、人性的丰富信息。



## 二

这“众生相”中有一群失败的男人。最典型的是《木兰辞》中的陈江流和《净尘山》中的张亭轩。陈江流在“一所暮气沉沉的中职学校里，做一名可有可无的美术老师”。他一度意气风发，以为自己可以成为出色的画家，结果得到的评价不过是“一个没有天赋却颇为勤奋的美术老师”。他将这归结为家庭生活的琐碎无聊，他想独处但又无法摆脱世俗的生活。人到中年，他感觉到“自己的身体里散发出一股霉气一股迂酸，是一种失败的气味。”张亭轩本来是一所中学的音乐老师，但是有一天，他突然高调宣布辞职，理由是“音乐课是高中的附庸，校长不懂音乐，学生们也毫无音乐才华。对我来说，上课就是浪费生命，把自己一点点废掉。”为了不让自己“废掉”，证明自己的价值，“他潜心学习书法和国画，攻柳体，习花鸟，欲以润格致富，结果只能过年时为亲友免费写挥春。他专门钻研过演说技巧，期盼跃升到有识之士听他白话还给他钱的完美境界，结果只吸引了小城的一批珍禽异兽。”到最后，他神色惊恐，脚步虚飘，“花费了大半生的时间，不过是自己推翻了自己”。

陈江流和张亭轩是这个世界的“局外人”，或者说，他们曾经试图进入这个世界，获得世俗意义上的成功，但是他们禀赋中有一种洁癖，这洁癖还不足以强大到让他们做一个真正超凡脱俗的圣人，但正是这小小洁癖让他们有一种不同于常人的自我期许，并以此将自己与身边的人区隔开来。如果真要给他们分门别类，他们大概属于那种“伪装的艺术家”，他们的失败并不仅仅在于他们在现实面前退步，更在于内心世界的溃败，他们完全不能坚持内心的法则去生活，相对于世俗的成功而言，这是更大的失败。



在文学史的书写中，失败者其实是常见的，比如俄罗斯文学中的“多余人”，比如中国现代文学中的“零余者”，但是这一类人往往与世界有一番殊死的挣扎和搏斗，在与社会互动的过程中升华个体的生命，在他们身上，总是有一种特殊的生命意志。但是在陈江流和张亭轩身上，生命的意志却渐趋涣散，如水泼地，这种失败，是外在生活的失败与内在生活的失败的结合，是双重甚至是多重的失败。他们失败得力不从心，连失败的悲壮都没有，在这个意义上，他们的人生甚至都构不成真正意义上的悲剧，反而像是一出喜剧，充满了命运的作弄和反讽。在这两篇小说的最底层的部分，正是这样一种反讽的声音在支撑着小说的叙述空间，这是蔡东的语气和眼睛，虽然隐藏极深，但总在不经意间露出那么一点端倪。

陈江流、张亭轩构成另一类“失败者”的谱系，这一谱系的先河是耶茨《革命之路》中的弗兰克，在中国近年的写作中，格非《春尽江南》中的谭端午大概也属此类，这些失败者大都有些艺术家的气质，热爱着一种或者数种艺术的形式，他们对世界的堕落和鄙陋不以为然，结果却是“欲洁何曾洁，云空未必空”，对世俗物质欲拒还迎的态度使得他们的失败带有某种小资产阶级的矫揉造作，而正是这一点，在最大程度上证明了中国资本时代的庸俗和空虚。

## 三

与失败者相联系的，是蔡东小说的另外一个重要主题——逃离。《净尘山》可以说是一篇以“逃离”为架构的小说，张亭轩逃离他所不屑的日常生活，他的女儿张倩女试图逃离自己的身体，她以减肥为其意识形态，即使是她的婚姻，也不过是其用以逃离世俗偏见的工具。当然，最有力量的逃离居然是他们认为最不可能逃离的人做出的，那就是劳玉。这个隐忍的女性，以种种非凡的耐力忍受着日常的种种折磨，但最后居然连她都无法坚持下去，她逃到了“净尘山”——一个并不存在的世外桃源。这些人的人生并没有多少波澜起伏的故事，没有革命传奇，甚至没有生离死别，这是后现代式的逃离，离家出走不是为了解放世界，反抗权威，逃离仅仅只是因为那不可承受的如羽毛般轻飘飘的生活。但这不正是生命中最重的一部分吗？它在刹那间就变成了一柄利器，切开貌似安全的日常景观，将生命破败的本相毫无顾忌地彰显在我们面前。在意大利作家门罗的著名短篇小说《逃离》中，家庭主妇无法忍受漫长的雨季以及平淡乏味的生活，于是离家出走。对刻板的现代日常生活的反抗，是蔡东和门罗共有的题中之意。但是毫不夸张地说，蔡东小说中的“逃离”比门罗更为纠结复杂，具有更多的历史的歧义。在《福地》中，在深圳已经小有成就的傅源“总被同一场梦惊醒。窄窄的竹床上摆放着冰凉干硬的身体，他的魂魄立在竹床旁，焦灼地望着肉身，往哪儿埋呢？”“再醒来时，回乡的念头像一颗轻盈透明的水晶，从千头万绪的琐事中缓缓升起。”这是逃离的念头，带有思乡的情结。逃离由此在非常具体的空间中挪移：深圳—留州，这是蔡东的双城记。它们在不同的作品中反复出现，构成了“原乡—异乡”的叙述结构。如果说从深圳回到留州是一种逃离，那么，是否多年前也有过一次从留州到深圳的逃离呢？深圳是一个巨大的坐标系，留州不过是活在这个坐标系的参照之中。在蔡东有代表性的所有作品中，都有一双“深圳之眼”，这是一双“权力”的眼睛，代表着现代性和资本主义的狂欢和胜利，这双利眼所到之处，一切坚固的东西都烟消云散了。蔡东逃离的主题，在这个意义上暗含了中国当代史最富戏剧性的一幕。也就是说，“逃离”可以是一种普遍的人性的结构，但是在蔡东这里，它同时也指向一种特殊的生成于中国语境中的历史性的结构，具体来说，就是中国人在现代化过程中的大迁徙，大流离失所。这一结构的存在，使得蔡东的写作成为讲述中国故事的典型范例。这范例中有对现代性——尤其是中国式的现代性——的小质疑，深圳不是“福地”，现代化并非福音，而恰好是那些被剥削和压抑，被驱除了的前现代的一些东西，存储着更幸福的意义：当傅源站在祖坟地之时，他突然变得“开阔，浩大，有来历”。深圳是没有来历的，中国的现代化有来历吗？如果没有来历，是否一切都要堕落虚无之中？蔡东努力克制着这种虚无，那个一再出现的留州，是否真的可以留住些什么？



傅源回到了留州的乡下，他听到了童年“高粱生长的声音”，但这声音也许仅仅是一种幻觉。劳玉即使逃到了“净尘山”，但依然以短信的形式与外界保持着联系。个人也许可以逃离另外一个个人、一个家庭，甚至是部分的世界，但是当这个世界已经完全同质化，请问我们可以逃到哪里去？“康莲时常想，忘了从哪天开始，她身处的这座小城市也变了，人们都特别需要钱，特别喜欢买东西。她说，依我看，用不了几年，我们这里也快成深圳了。”（《往生》）留州不过是深圳的假面，深圳不过是留州的变装，双城记原来是城池一座。时间和空间也许稍有不同，但资本傲视这一切，将所有的人事摧枯拉朽，以交换和拜物的原则建立起冰冷的程序。在这个程序中，一切无路可逃。“她的敌人更加阴沉强大，那是一个裹挟着整整一代人的庞大而严密的系统，像一个深深的坑洞，让她怎么爬都爬不出来。”（《净尘山》）

连逃离都不可实现，这真是让人崩溃的失败啊。

## 四

人性之复杂，就在于生存百相，各个不同。有人逃离，就有人坚守；有人失败，就有人反抗这失败；有人绝望，就有人在绝望中找希望。相对于男性的失败者，蔡东的小说中还有数量众多的另一类人物，借用《木兰辞》中陈江流的话说“简直就是一群女英雄”。这些人物包括《木兰辞》中的邵琴和李燕，《断指》中的余建英，《无岸》中的柳萍，《往生》中的康莲。这些构成了蔡东小说中的“女群英谱”。这些女性人物有着强大的生命欲望，不管这生命欲望是否高尚纯洁。李燕孜孜以求地规划着自己和丈夫的人生，邵琴充满仪式感的姿态妆容的背后，有着对世俗生活的洞若观火；柳萍活在中产阶级的白日梦中，但是在梦想破灭的那一刹那，她没有选择逃离，而是接受“受辱训练”，不无屈辱地与生活缠斗；康莲是最有悲剧性的女性，她以非同一般的悲悯对待衰老、病痛和死亡，在对往生的渴念中幻想极乐的彼岸。这些女性身上有人性最光明的一面：积极，勇敢，豁达，宽容。这是她们行动的源动力，与孱弱虚无的男人们相比，这些女性显得更加男人，她们是一群活在现代的“花木兰”。蔡东的这种设置也许符合女性主义的期待，对于她们来说，将男性从女人身上颠覆下来，再狠狠地踩上一脚，才是对这个男权社会最快意的报复。这是让人警惕的对抗性的思维，大部分的女性写作大概都会在这个思维上停滞。但蔡东显然没有这么直线型，她有更幽微曲折的观察和思考。在《木兰辞》中，李燕和邵琴居然都对陈江流心有戚戚，以各种方式满足其虚荣的本性；《净尘山》中，“伟光正”的张亭轩也只是到了最后才土崩瓦解，暴露出其腹内空空的本相。这难道不是对这些“花木兰”们的嘲弄吗？她们以爱欲的本能去与生活搏斗，并企图在拯救自我的同时拯救男人，但是她们却不知道自己所爱的男人不过是一具空虚的皮囊，他们行尸走肉，不过是被这个世界抛弃了的亡灵，这是她们希求的结果吗？当然不是，但是她们却一次次飞蛾扑火，遵循着某种爱的本能去守护这个世界的秩序。这是女性的正剧还是悲剧？蔡东意识到了这种盲目性——爱的盲目性和生活的盲目性——她真实地呈现这种盲目，因此她超越了女性写作的观念拘囿，有一派阔大的境界。

无论如何，这些女性值得大声赞美。这固然因为她们集中了人性的优点，更重要的是，她们有一种现代人少有的品质，里尔克和波德莱尔都意识到，现代人往往生活在过去和未来的虚幻之中，而将最重要的“当下”忽略了，因为对这种当下的忽略，现代人变得瞻前顾后，犹豫不决，不能像那些有力的动物那样去捕捉当下性的生活。蔡东小说中的那些女性人物却往往是当下有力的行动者和看护人，她们有一种更敏捷的生存能力，凭借这种能力，她们成了如波德莱尔所言的“日常生活的英雄”。



这是现代性最残酷的地方，也是蔡东最纠缠之所在。人在不同的时空间挪移，却只能永远面对一个稍纵即逝的当下。这一个个当下构成了蔡东小说中悲观痛苦的根源。无穷无尽的当下和无穷无止的忍受。只能是忍受吗？从最本质的层面看，蔡东只能是一个悲观主义者——只能是悲观主义者，只能是通过小说来讲述和解构这种悲观，或者抵抗和反对这种悲观。这个时候，小说是一个美妙的词，一段精彩的乐章，一个可以解救今生和解放当下的历史行为，在这个意义上，小说也许就是往生——

那个词叫“往生”，死亡的另一种说法，却穿透深重的黑暗，击破内心的绝望，用缤纷美妙替代陌生可怖，是动感的、充满希望的、无比美好的起点，令康莲灵魂出窍，神往不已。

劝别人的话，往往连自己都不相信。但“往生”不一样，它飞离了尘世，像一颗清寂的星，悬于庸俗的话语系统不可及之处。

它高蹈，空灵，又那么慈悲。

如果真有这“往生”，也罢！

2013年9月22日于北京

2013年9月29日改定

# 新世纪诗歌写作的几个问题



十年，对于个人历史来说很长，对于文学史来说却很短。北岛曾经很严肃地说过一句话：一百年才出一个好诗人，一千年才出一个伟大的诗人。这种说法是有道理的，对于历史的理性认识往往要等到这一段历史过去之后，曹操在他的时代从来没有被认为是一个杰出的诗人，而陶渊明，也只是以隐士之名活在他的时代。从这个意义上说，要在“十年”之中寻找中国当代诗歌的写作轨迹以及发展变化，几乎是一件难以完成的工作。尤其遗憾的是，因为个性和条件的限制，我并没有参与或者说介入“新世纪诗歌十年”这一众声喧哗的诗歌话语运动中去，我个人虽然一直没有间断诗歌写作，但这种写作在本质上只是我疗愈个体孤独和创伤的一种方式，它仅仅对我个人才有效；作为1980年代出生的人，我没有加入各种纷繁的“力比多”勃发的青年写作圈子，我也仅仅只是和很有限的几个诗人有不多的交往，并偶然通过不多的渠道阅读和了解当下诗歌的一些状况（在很多时候，我对这些状况其实并不热情和关心）。毫无疑问，这些都会影响到我对这十年诗歌状况判断的准确性。但是就每一个个体活在“当下”这一事实而言，对当下做出自己的判断和理解又是一种责任和义务，对当下发言，并把这种发言理解为一种参与历史的实践过程。它要求我们在短促的时间内，以并不健全的理智和知识来认识客体和主体，并能达成一种理解的功效。我只能从这一点来为我的发言进行辩解，并鼓足全部勇气和智商来对新世纪十年的几个诗歌现象和问题进行讨论。

第一是“底层诗歌写作”问题。“底层诗歌”（以及更大范围内的“底层文学”）是新世纪以来负担了各种想象和规划的一种文学话语，它是“后革命时代”混合了政治欲望、道德原则和美学观念的一种暧昧表达。“底层诗歌写作”要求在一种不触及当代政治禁忌的情况下对被分解和压抑的一部分阶级（阶层）予以道德化的文学关注，并企图在这种关注中重新调整1980年代以来形成的实际上由知识分子所主导的“纯文学”的观念。在这个意义上，我首先把“底层文学”理解为一个“话语权”争夺的“高地”，它是一个在深具苦难历史和左翼传统，曾经许诺并大规模实践过人民当家做主、有效行使其政治经济文化领导权的社会发生急剧甚至完全相反的变化时的一种实践行为，这一实践行为试图以对“底层”苦难的书写来重新激活批判的力量，在其极端者那里，甚至重新要求从阶级的立场对历史和现实进行有效的介入，这一点，在叙事文学作品里面表现得尤为突出。但是我想指出的是，恰好是在这一点上，底层诗歌写作是非常含混不清的，在目前所看到的底层诗歌写作群体中，大部分写作者的动力来自于对现实生活的不公、苦难和贫穷的一种发自人类本能的反感和厌恶，并以某种简单的人道主义来对之进行道德上的臧否，这导致了对“底层”的“历史性”的漠视，实际上也抽空了“底层诗歌写作”最尖锐的力量，那就是它的意识形态性。“底层诗歌写作”或者说广义上的“底层文学”只有在这种意识形态性中才能凸显它之于新世纪十年的意义，或者说是“社会主义初级阶段”的意义。具体来说，底层诗歌写作必须在双重视野中确立自己的写作立场，第一是在全球资本化和中产阶级化的情况下，底层如何保持自己的审美经验和讲故事的权力，第二是在中国由社会主义向一个暧昧不明的“中国特色社会主义”转型的过程中，“底层”如何借助“革命中国”的资源，确立自己的主体意识和诗学语言。目前，一些以写“底层诗歌”而著称的青年诗人从某种意义上说属于前一种情况，即他们可能找到了一种可以贴切表述其个人生活史的对象，但这一个人生活背后所隐藏的商品拜物教和资本逻辑该用何种方式表达还有待实践。总而言之，我希望

“底层写作”不要重复《诗经》或者白居易《卖炭翁》的传统，也不是回到“文革”“样板戏”的传统，而是能提供一些新的东西，这些新的东西，既内在于我们个人也内在于当下的历史。

第二个是由陈先发和杨键这两位安徽诗人在近几年的写作以及由此引发的评价而产生的问题。（对这两位诗人的写作，批评界有比较多的命名，影响较大的有“草根写作”、新古典主义、新传统主义、新乡土写作等，这里暂且不讨论）。把陈先发和杨键放在一起，这两位可能不太乐意，陈先发估计是不喜欢杨键满口的恢复先王礼仪之类的话，而杨键可能也觉得陈先发有些故弄玄虚。但是我在这里把他们放在一起来讨论，是基于一个基本的事实，那就是，两位差异非常之大的诗人都有一种共同的写作倾向，或者说，我从他们的诗歌中嗅到了某种一致的气息，这就是试图从“五四”以来的现代诗歌话语中剥离出去，通过对中国古代典籍的重读和改造，来重新激活现代汉语的创造力。毫无疑问，这是一个深谋远虑、雄心勃勃的试验，尤其在新世纪“东方文化热”“中国文化热”“国学热”的语境中更是显得意义重大，这使得这两位诗人还没有来得及完全展开的工作立即获得了铺天盖地的好评，这些评价有些是中肯到位的，但也有一些显得过于夸大其词。但是不管怎么说，以“回归古典诗歌，回归古典中国”为目标的写作潮流在这十年中暗潮汹涌，我在西川、李少君、孙文波等风格各异的诗人的一些作品中都能读到这种东西。就诗歌作为一种个人的创造性工作而言，我觉得这些诗人的探索和尝试都是值得肯定的，在陈先发对“物象”进行秩序化的重组和描摹，在杨键对于日常生活禅宗式的顿悟中，我确乎领略到了现代汉语所可以具有的感染力和穿透力。但是，当这种诗歌写作成为一种“无意识”，转化为一种当下的文化态度和价值取向的时候，我则同时看到了某种值得反思的美学。陈先发和杨键的诗歌仿佛是一个隔离空间的容器，在醉心于语言智慧的同时与当下生活不发生直接的摩擦，我在他们的诗歌里面感觉不到我们何以是当下的“主体”而不是秦汉盛唐的“主体”。我的意思是，一种有创造力的语言形式完全可以和有生机的当代生活联系在一起，从而产生现代的审美效果，但是，陈先发和杨键在借鉴和挪用古典汉语的同时，却把自己“埋葬”在一种想象性的“古典生活”和“古典形象”中并且乐此不疲，他们都缺少一个远观和反思的距离，所以在阅读的时候，我常常有一种外在于我们时代生活的感觉。也许可以说，他们真正领会到了中国古典文学的精髓，这就是“物我交融”“意象一体”，但是，我想再次强调一点，我们是生活在一个经过近百年现代转型的当下中国，我们只能站在此时此地去想象和重构“古典中国”，而不能本末倒置，让一个想象性的语言传统成为吞噬当下生活的招魂术。想一想“文必秦汉，诗必盛唐”的有明一代诗文写作的失败，我们是不是应该对这十年来的“回归”倾向做一些反思，以免它僵化为一种“复古主义”的小爬虫？我在陈先发最近的一些诗作中感觉到他开始矫正自己的这种倾向，试图用转喻的形式把当下生活具象化并获得一种足够与“文人自恋”相抗衡的形式感和情感力量，我觉得这是一个好的变化。最近一段时间，诗人李少君以一种即兴式的短诗（如《朝圣》《东湖边》《夜深时》）试图表达在一个急剧变动的历史中日常生活的永恒性，并借助“中国画”式的语言形式将其固定；诗人陈陟云的长诗《前世今生》以抒情的咏叹调重塑诗人的精神历史，并试图以古典式的爱情幻想超越庸俗的现实生活；诗人肖水的“绝句体”在精致、隐晦的语词中企图打通汉语的历史气场并以个人的书写指向现实的批判；诗人李成恩的《汴河系列》通过对原居地的怀念和书写来安慰大都市的疲惫心灵，都可以视作是在这样一个大的语境中的积极尝试和突破。



第三个问题是“口语写作”问题。在中国新诗中，“口语写作”往往和诗歌的“先锋性”联系在一起。实际上，推动中国现代文学发生的一大利器就是新诗的口语写作，比如胡适的那首广为人知的《蝴蝶》就是一首典型的“口语诗”。口语写作一直与诗歌的激进形象和变革传统联系在一起，“口语写作”被认为是与当下生活直接对应的、同步的一种写作方式，并因此获得其现场感和历史意识。但是就目前来说，口语写作有一种被泛化和庸俗化的趋势，“口语”被简单等同于方言、俚语、俗语甚至是粗口，我觉得这都是对“口语”的一种误解。在我看来，“口语”首先是一个流动的历史概念，它对应的是“书面语”，而不是“高雅”“优美”“精致”的语言，口语里面同样有高雅、优美、精致生动之语言，而“书面语”里同样有很恶俗、低级的语言，每个时代有不同的书面语，每个时代亦有不同的口语；其次，口语是一个语义学上的概念，它指的是不需要借助转喻而直接指向对象本身的语言，按照索绪尔对语言“能指”和“所指”的划分，可以说“口语”是“能指性”压倒“所指性”的语言；最后需要强调的是，“口语”随时都在发生变化，口语可以成为“书面语”甚至是某一部分阶层的专有语言，“口语”的所指性和能指性也会在书写和使用中发生不断的位移。我之所以对“口语”做出这么一些很“八股”的界定，主要是针对新世纪以来对“口语”理解的泛庸俗化倾向，在一些所谓的“口语诗人”的写作中，粗鄙、肮脏、低级下流的词语被捧为“口语”的标志，并以此传递出某种“先锋”的姿态。这种“伪口语”和“伪先锋”的姿态借助新兴网络媒体的无界限传播，从某种意义上损害了诗学探索的严肃性。更重要的是，与这种“伪口语”和“伪先锋”并生的是一种虚假的个人意识，这种个人意识之所以说是虚假的，就在于它完全将“个体”理解为一种动物性的简单生存，并不能从这种动物性中叙述出一种普遍的精神性来。在这一点上，“当下”的真实历史内容被抽空，成为一种发泄式的词语意淫。我想说的是，如果摆脱不了这种庸俗和肤浅的口语观，“口语写作”就不会进步，而更需要说明的一点是，在中国新诗乃至整个中国现代文学中，如何使用一种健康的口语实际上关涉到整个文学史的发展，周蕾的卓有成效的研究已经指出：口语提供了一种直接的、透明的、可视化的语言效果，以此文学与电影、摄像等现代传媒所负载的艺术形式进行有效的沟通互补，并在一定程度上获得它的现代社会的大众读者。在一个视觉艺术逐渐占据统治地位的时代，“口语写作”关涉的不仅是一个语言实验、形式革新的文学内部问题，更重要的是在外部如何重构一个有效的诗歌（文学）场域，而不至于沦落为“死亡的艺术”的问题。

以上的几个问题，是我在有限的阅读和有限的个人知识的指引下所做出的一些描述和判断，这些情况如果说是针对整个当下中国文学也在一定程度上成立，因为诗歌的问题归根结底不能脱离“整体文学”而得以解决，不过因为诗歌与资本拜物教和资本逻辑更不相容，所以一些问题显得更为尖锐一些。无论如何，新世纪十年的中国变化之巨大，不仅让世界为之侧目，即使是身在中国，有过近百年的变革经验，依然会有本雅明式的震惊时时袭击过来。正如费正清所言，因为历史因袭越长久，所以变化也就越发沉重惨痛，越发以更加光怪陆离的形式呈现出来。如果我将上面分析的各种情况解释为面对这样一个巨大变化时代的一种文化焦虑和文化应对，想必也是可以的，我们每个人都只是被卷入和抛掷进此时此地的一个孤独个体，但我们的一言一行，我们的尝试和努力，却不得不置于这样一个“总体文化”中才得以彰显其意义，我唯一确定的是，十年一期，很多变化正在悄然发生。



2009年7月19日 于人大人文楼

2009年8月23日 再改

2009年10月22日 三稿

# 在自然和肉身之间
## ——关于李少君的诗歌

李少君的《草根集》[1]中有一首诗《夜深时》：

肥大的叶子落在地上，触目惊心
洁白的玉兰花落在地上，耀眼眩目
这些夜晚遗失的物件
每个人走过，都熟视无睹

这是谁遗失的珍藏？
这些自然的珍稀之物，就这样遗失在路上
竟然无人认领，清风明月不来认领
大地天空也不来认领

这首诗让我想起唐朝大诗人王维的《辛夷坞》：

木末芙蓉花，山中发红萼。
涧户寂无人，纷纷开且落。

如果说王维的"芙蓉花"是一朵远离尘世喧嚣，躲在深山高谷中自我陶醉自我欣赏的审美主体，那么李少君的"玉兰花"则是一株生长凋谢于滚滚红尘中的世俗生命。它就在"路上"被众人"熟视无

[1] 李少君：《草根集》，上海人民出版社2010年版。本文中所引诗歌，没有特别标明的，均出自这个选本。

睹”，唯有诗人“触目惊心”，并感叹无人“认领”的困惑。同样都写“落花”之美，王维的诗沉静寂然，如一幅静默的纸上风景，而注视这幅风景的人却隐而不现，主客体浑然不分。但是李少君的诗歌在安静的观看中却潜藏着一种勃发的生命冲动，同样是注视“落花”之美的风景，《夜深时》因为这种内在的生命冲动而化“静观”为“追问”：“这是谁遗失的珍藏？”“竟无人来认领”！这是李少君独特的观看方式，试图以主客体的合一为眼前的风景做古典的描摹，但却在无意识中把自我从“风景”中分离出来了，这大概就是生（身）在现代的宿命吧。



柄谷行人在讨论日本现代文学起源的时候，特别强调“风景”发现之功能，他以为传统的风景大都是中国“文人画”式的，“风景”并非是一种真实自然风光的呈现，而是一种概念（诗人人格）的外化，而所谓“风景”的发现则是抛弃这些概念，去观看真实的风景并获得新鲜的感受。[1]在这个意义上，李少君的诗歌呈现出一种“熟悉的陌生化”。这种“陌生化”，来自于“看”的方式的转化和“看”的内容的复杂。在王维的《辛夷坞》中，“看”是一种自动程式，“看”是为了“不看”，“看”的内容似花也非花，“看”的指向是“无”。而在李少君的诗歌中，“看”的前提是“每个人”都“不看”，“不看”的原因在于对“风景”的一种自动化的接受。也就是说，王维的“看”是李少君的“看”的一个内在前提，他必须首先要“看”王维，然后才能看到“自己”，因此李少君的“看”是双重的，第一重是古典式地看，在这里他发现了传统、概念、文脉；第二重是现代式地看，在此他看到了日常、当下和自我。

《草根集》中还有一首诗《二十四桥明月夜》：

一个人站在一座桥上发短信
另一座桥上也有一个人在发短信

[1] [日]柄谷行人：《日本现代文学的起源》，赵京华译，生活·读书·新知三联书店2003年版。

一座桥可以看见另一座桥

夜色中伫立桥上发短信的人儿啊
显得如此娇嫩、柔弱
仿佛不禁春风的轻轻一吹

这会让人很自然地想起晚唐诗人杜牧的名篇《寄扬州韩绰判官》中的意境：

青山隐隐水迢迢，
秋尽江南草未凋。
二十四桥明月夜，
玉人何处教吹箫。



还有现代诗人卞之琳的名篇《断章》：

你在桥上看风景
看风景的人在楼上看你

明月装饰了你的窗子
你装饰了别人的梦。

以古典诗歌的意境——二十四桥，明月夜——为背景，以现代诗歌的意识——主体的互相注视——为手法和修辞，李少君的这首《二十四桥明月夜》以非常后现代的方式呈现出他的诗歌美学：二十四桥明月夜是古典的，是象征性的风景，而手拿手机站在桥上发短信的人却不再是“玉人”，也不是游荡江湖的浪子，而是具有现代意识的在某一瞬间存在于此时此地的人。李少君不动声色地把杜牧的诗歌和卞之琳的诗歌内化为其诗歌的一种隐性结构，在这个隐性结构中，古典和现代的张力撑开了一个更具诗性的空间，正是因为有这样一个空间的存在，“发短信”这样一个极其日常的“场景”才呈现出了非同一般的诗意。我们或许可以想起海德格尔论述凡·高的名画

《鞋》：“这器具浸透着对面包的稳靠性的无怨无艾的焦虑，以及那战胜了贫困的无言的喜悦，隐含着分娩阵痛时的哆嗦，死亡逼近时的战栗。这器具属于大地，它在农妇的世界里得到保存。正是由于这种保存的归属关系，器具本身才得以出现而自持，保持着原样。”海德格尔的意思是在“鞋”这个物象背后，呈现的是整个的生活世界，正是有这种器物与生活世界之间的关系，才发现了大地之可以诗意栖居的可能。“鞋”在海德格尔的论述里是“世界得以显现的一种方式，也是真理敞开的一种方式”。[1]在我看来，“发短信”这样一个极具生活实感和物质实感的场景正是李少君向我们展现生活世界丰富性的一种方式，同样更是诗意（而非真理）的一种敞开方式。也许，在李少君这里，诗意远远高于真理。



因为对诗意而非真理的追求使得李少君的诗歌有一种近乎透明的质地。他一方面将古典的“文人画”意境摄入其诗歌，同时又以现代的构图法呈现出其日常的实在。“中国画讲究留白，以是‘虚’代‘实’，空泛里是无限的大。西洋画讲透视，讲究的是由此及彼的立体感。如是观，《春》的意境便是中西结合。”[2]如果从“诗”与“画”的角度讨论李少君的诗歌，或许我们可以把李少君理解为一位现代的“自然诗人”。但在我看来，这是不够的，“诗画互现”并不能全部解释李少君诗歌的力量所在——这是我要提醒读者注意的地方——李少君的诗歌虽然形制小巧却有别具一格的气蕴。从这个角度去仔细观察李少君的“构图”，会发现最终呈现在我们面前的，绝不仅仅是一幅人物山水风景画，而是在画里画外发出那一声感叹的人——“夜色中伫立桥上发短信的人儿啊”——此人才是李少君诗歌的力量气度之谜。

此人首先是个“旅行者”和“异乡人”：“山岩边的青苔/ 高原的黄土/还有海滩上的泥沙……这些，都是他旅游鞋上的内容// 但从

[1] [德]海德格尔：《诗·语言·思》，彭富春译，文化艺术出版社1991年版。

[2] 葛亮：《路过尘世——李少君的“诗情画意“》，《读书》2009年第4期。

他脸上已看不出什么来了/人到中年，他放低身段，独来独往/经常会将车随便停在路边一棵树下/全然不顾他人的眼光，摊开餐布/饮茶、喝粥，或抿一口酒，然后一走了之”（《旅行者》）。这个旅行者在山岩、高原和海滩获得内心的自由和自足，但是在大上海都市的一角，他陡然感到了某种莫名的惆怅、孤独和寂寞，在《异乡人》中他这么写：

上海深冬的旅馆外
街头零星响起的鞭炮声
窗外沾着薄雪的瘦树枝
窗里来回踱步的异乡人



越夜的都市越显得寂寥
这不知来自何处的异乡人啊
他在窄小的屋子里的徘徊
有着怎样的一波三折
直到他痛下决心，迈出迟疑的一步

小酒馆里昏黄的灯火
足以安慰一个异乡人的孤独
小酒馆里喧哗的猜拳酒令
也足以填补一个异乡人的寂寞

这个滞留于大都市最隐秘角落的人犹如波德莱尔笔下的“拾垃圾者”，在进行一种精神上的漫游，稍有不同的是，波德莱尔在都市的幻象中产生了弗洛伊德式的精神焦虑，并将这种精神焦虑压抑到潜意识领域，这是发达资本主义时代无路可逃的诗人不得已的抒情之路途。但是在李少君这里，内心潜意识的斗争被一个表象化的“细节”所置换——“小酒馆里喧哗的猜拳酒令”——并用来抵抗可能发生的精神分裂。因为不知道自我来自何处去向何方，没有起源和没有未来的人是有可能堕入精神性的困境的。“异乡人”因此必须借助“旅行者”的方式去探究自己的身份，这是李少君诗歌中反复出现的结构——自我通过“旅行”的方式去发现风景，发现他者，从而发现诗意诞生的可能，在一定意义上，这是李少君诗歌发生学之一种。

于是“旅行者”借助步履的足迹构建了风景的版图学。在这幅版图里面，“我沿公路走到山中”，发现“山中少妇如一枝三角梅笑吟吟”（《山中》）；“我放低身段，独来独往”于莽莽红尘（《旅行者》）；“我去过很多的边地：西部的喀什小城，满洲里的小镇，湘西的苗寨，还有陕北的靖边，云南的昭通”（《边地》）；“我小如一只蚂蚁”，“今夜滞留在呼伦贝尔大草原中央的一个无名小站”（《神降临的小站》）；“我”在恩河之夜看到“拉手风琴的俄罗斯老人眼中深藏的忧郁”（《恩河之夜》）。这幅版图阔大无垠，上面布满了星星点点的人情世态。这是诗歌的版图与诗人心灵的版图的双重扩张，李少君由此在空间的维度展开其诗歌美学的分身术，他行走越是广阔，就越是感觉到诗歌、自然与人生之间的神秘关系，在《自白》这首诗歌中，他用“殖民地”来反喻个人在自然中的位置：



我自愿成为一位殖民地的居民
定居在青草的殖民地
山与水的殖民地
花与芬芳的殖民地
甚至，在月光的殖民地
在笛声和风的殖民地……

但是，我会日复一日自我修炼
最终做一个内心的国王
一个灵魂的自治者

这里的“分身”在“殖民地”和“国王”之间挪移，既然自我已然是生活世界的“客体”（殖民地），又如何能成为其主体（国王）呢？李少君是否有时候也感到一种撕裂的焦虑，一种分身后的匮乏无力？他不得不以另外一种形式来救赎这种困境，在《深情集》中有一首《四行诗》：

西方的教堂能拯救中国人的灵魂吗？
我宁愿把心安放在山水之间

不过，我的心可以安放在青山绿水之间
我的身体，还得安置在一间有女人的房子里

这首诗让人莞尔一笑，李少君的天真和童心在此表露无遗，他以朴素的类比法去化解我们这个时代最重大的精神焦虑，即使山水在概念的层面上依然留有汉唐的遗色，但是在现代资本日益管控侵蚀一切的当下，自然山水还有多少美感可供我们去想象和书写？如果“心”和“身”也已经成为一个二元对立的结构体系，我们时代的审美和哲学是否还能够通过一种想象的方式达到自然天地的合一？也许这是李少君以某种反讽的形式向我们展示的一个不可解决的悖论。在这个意义上，李少君的诗歌在反对他的诗歌，他的美学在反对他的美学。虽然他一再借用或挪用中国古典诗歌的意境和修辞来达成一种诗歌美感的现代生成，他自己可能也经常被这种美感所陶醉，但是需要指出的是，这不过是李少君一幅华美的隐身衣，在他最优秀的那些诗歌中，他几乎毫无意识地被现代的招魂术召唤到了他身处的当下，最终，当下意识、现代修辞与古典文脉在诗歌中并置涌现，并呈现出某种惊人的协调一致。这是李少君与同时代的那些醉心于古典诗歌美学的诗人们最大的不同之处，在李少君身上，旧式文人的热忱被一再裹挟进滚烫的现实生活，对于大地自然的向往与对于现代人内在精神尺度的探究共为一体。平衡这些对立面之间的关系既是他诗歌的最引人入胜之处，也是他诗歌写作的难度之所在，在另外一首诗中，他表达了这种探究的难度：

我被包围在莺莺燕燕的鸟语世界里
感到茫然失措，我完全听不懂他们在说些什么

也不明白他们心里到底在想些什么
我无法理解他们兴高采烈如获至宝的表情

但奇怪地，我有一种异想天开
我感到：如果不断地一直听下去
说不准哪一天，我会突然把这一切全部听懂并彻底明白
当然，我也知道：实际上那永无可能

这首诗题为《在纽约》，身处最喧嚣的国际大都市，处于现代性的震中，李少君却试图在其中找到自然的秩序和美感，他试图恢复身体的各种功能，把肉体的感觉转化为诗歌的感觉，像在另外一首诗里面写的那样：“只有细心的人才会聆听/只有孤独的人才会对此冥思苦想。”虽然一再努力，李少君其实明白唐诗宋词的世界已经在现代的语境中成为桃源旧梦，即使在语词的虚构中，这种旧梦也分裂为甚至截然不同的美感，如《春色》所写：



所谓春色，只是在夜总会包厢
灯蓝酒绿的衣香鬓影里，端坐着
一位红衫少女

所谓江南春色，只是我正在恍惚之间
突然听到一声娇滴滴软绵绵的
苏州口音

李少君的过人之处就在于他热爱这个旧梦但又对梦境保持清晰的判断力。他是梦者中的醒者，入世甚深而又出世甚远，他不仅把自己隐藏在人迹罕至之处，高蹈独步，同时也满含热情地置身于现代性的各种奇观、物质性和癫狂之中。一如美国现代著名诗人史蒂文斯（Wallace Stevens），他在繁华的都市生活嵌入自然的想象，在与资本的亲密接触中形塑了诗歌的秩序和形式。从这个意义上说，李少君的全部努力不过是为诗歌寻找其在现代的“肉身”，也许只有从这

种“生活在当下”的肉身感出发，才会有李少君诗歌中的“自然”和“草根”，诗歌才能找到它在过去的“根”和现在的“根”，并把两者合而为一种包含了传统并超越了传统的现代诗歌美学。

2012年7月27日二稿

# 回到现场的精神角力
## ——新世纪“80后诗歌”的美学倾向



我在很多时候对“80后”诗歌写作持犹豫的态度，这一方面缘于身为这一诗歌世代中的一分子，我难以客观的态度对之进行评判，对同代人唱赞歌或挽歌都是一件吃力不讨好的事情，我缺乏像波德莱尔议论他的同代人时的勇气和睿智。而更深层次原因，我现在越来越清醒地意识到了这一点，是对这一代人写作的不自信。任何真正有效的文学——以那些伟大的经典标准来看——都内蕴了丰富的历史和自我。但“80后”的历史和自我何在？是那些无病呻吟的青春期躁动吗？还是为赋新词强说愁的矫揉造作？尤其是，当这些“文学”在市场营销的资本模式下越来越成为搔首弄姿的“主流文学”时，我们还能不能提供真正的文学来建构我们的历史和自我？

我以为这是新世纪以来所有“80后写作”，无论是边缘化的诗歌还是稍微大众化一些的小说，都必须面对的历史语境。对这一历史语境的态度和意识，将会决定着这一代人写作的成就和位置。据我观察，在“80后”最流行的那些小说中，严重的历史虚无主义和本质化的意识形态对抗已经影响了小说作为一种严肃文体的可能性。但同时期的诗歌，却在不动声色地肩负起重构历史和自我的任务。在我看来，新世纪以来的“80后”诗歌写作至少有以下几种美学倾向暗示了这一点。

第一是“现场美学”。建构历史就是建构一种“在场感”，

1980年代诗人海子曾在长诗中追问："谁在？"他的追问是一个时代终结的标志。自以为是的知识分子们（散发着如此陈腐气息的陈谓）从宏大叙事的广场上撤退，却转身去拥抱市场意识形态。"谁在"的空缺使得1990年代的诗歌写作只能是匍匐在一些大师的面前摇尾乞怜。最真实的存在就是"我在"，这就是郑小琼诗歌所要回答的问题。"我在"在郑小琼的诗歌中（如《黄麻岭》《钉》《铁》等）表现为一种尖锐的声音，她几乎是用肉体之躯去撕开市场意识形态的血腥逻辑，这是"80后"个体在诗歌中的一次苏醒，肉体的疼痛带来了精神的疼痛。郑小琼关于南中国非典型工人生活的写作构成了一种陈述，这一陈述既回应了她自我的一种成长，也回应了一个时代的成长。这种成长所具有的性征并不明显，它是一个特殊历史时刻的回声，是风暴的前沿，是现场在历史中的一种残酷的自我呈现。每一个"80后"都要面对这个历史时刻，因为我们同时在遭受剥削和欺凌，在这个意义上，郑小琼的写作是一种"原始的""生命主义式"的写作。



回到现场也以另外一种方式表现出来，在李成恩的诗歌中（如《汴河》系列、《高楼镇》系列），"现场"总是与"过去"联系在一起，"现场"在空间上叠加为多种历史时刻的交织，李成恩抓住的是那些时刻：新的"现场"尚在形成之中，而历史的幽灵已经迫不及待地要收编它们。因此，在李成恩关于"故地"的书写中，却是对无法把握的"现场"最有力的捕捉。她诗歌中的传说、神话和民间故事远在天边又近在眼前，李成恩提供的是一个今昔参照的现场，文明的断裂在这个现场里触目惊心。有必要把李成恩和另外一类写作区分开，在这些写作中，以一个女性的视角构造一个想象中的"桃源胜地"是主要的修辞方式，这种想象陈旧如女人的小脚，毫无撕裂的痛感，过度夸饰女性的身份意识而陷入一种低级的意淫之中。

第二是"智性写作"，我以此来指称"80后"诗歌写作中强调修辞、形式和内省的美学倾向。在上面提到的两位诗人中，其整个精神的思考方式是趋于“外向型”的，充满了一种与她们的女性身份形成鲜明对比的扩展性的力量。但是在肖水的诗歌中（如《绝句》系列），力量是以一种“内敛”的形式凸显出来的，就好像一个物体不停地浓缩自我，原来是为了凝聚全部的精华。肖水的“绝句体”很容易让人想起中国古典诗歌的典范形式，实际上肖水本人也确实受到甘阳所谓的“通三统”理论的影响。但我个人认为，肖水诗歌的魅力所在恰好不是这种似乎道貌岸然的呼应传统，而是一种现代的、现场的、完全个人化的思维的方式。“绝句体”是思维的节点、是“精致的诗歌之瓮”的一次裂开，诗歌借助这一节点和缝隙得以呈现其内部的广阔深度。在这个意义上，肖水的诗歌是“非文人式”的，他在绝句中刻意制造了一种身份（性别）的迷乱，形式的清晰与内容的含混构成了诗歌的张力。相对于此的另一种“智性写作”可以说是“仿文人式”的，如茱萸的诗歌（如《花草市场》），“物象”——尤其是通过花鸟虫鱼的大量暗喻使得他的诗歌具有一种“文化展示”的意味。他企图利用这些带有文化能指的符号来谴责当下粗鄙的现实吗？还是完全在寄托一种刻意为之的个人趣味？无论如何，智性写作的背后总藏有“知识”的幽灵，王东东和徐钺的诗歌（如《冬夜》《隐喻》等）在不断推进的情绪中力图廓清某些形而上的思考，徐萧在诗歌中揉进历史的细节，胡桑将异质化的文本引入自己的诗歌（如《皱褶书》），造成一种冷静的审美上的“离间”。这些写作因为对修辞的过分依赖而导致有些内倾式的封闭，但是却有某种可以被召唤出来的生机。对于普遍具有学院背景的“80后”诗人来说，“智性写作”也许仅仅是一个起点。



回到现场，捡拾自我的历史，不管是“外倾式”的还是“内倾式”的书写，最后的问题依然是——谁在？所以最重要的、最根本的——也是现代以来一切文学的宿命——依然是“个体”的建构。

正如一些关注“80后”诗歌写作的评论家所关心的，“80后”能够挣脱集体主义的桎梏而获得一个独具一格的自我吗？我在那些最有创造力的同代人身上看到了某种危险的信号，各种形式的集团以各种方式在引导着和规训着我们的思考和写作，当“打工诗歌”或者“底层诗歌”被炮制出来的时候，那个在诗歌中左右冲突的鲜血淋漓的自我也许就被“招安”了，当我们陶醉于趣味、智力和修辞的时候，也许回到历史的现场就是一场自我欺骗的语词之旅，那些堪称典范的诗歌、那些被仰视的大师之作恰恰都是无法被普遍化的历史存在。也许我们应该学习鲁迅式的清醒和决绝，一个都不相信，雅各的角力归根结底是自我和历史的角力，是意识到了一切终究无所依靠，唯一依靠的只是残存的身体和个人。只有在这个意义上，我们才能理解“80后”诗歌写作中那种与一切疏离的、完全醉心于一己经验的强烈情绪。在杨庆祥的诗歌中（如组诗《好事尽》等），这种个体经验以一种“爱欲”的形式展示出来，旅馆和床是他诗歌中被反复提到的空间，这种空间是公共性和私密性的奇妙结合体，它暗示了一种带有冒险色彩的纵欲本能。而在唐不遇的诗歌中（如《情诗》《硬币》），个体经验就是青春和死亡的狂欢，就像硬币的两面，互为依存。最好的在场不是思想的在场，也不是概念的在场，而是身体（肉体和灵魂的统一体）的在场，只有身体的在场，才能体会到现代的风暴在当下中国最残酷的肆虐，才能以诗歌的容器来装置已经被击打得支离破碎的精神世界。

“80后”垂垂老矣！三十而立，四十不惑。在新世纪第一个十年已经远离的时刻，来检视包括我自己在内的“80后”的诗歌写作，我既不立也不惑，也许我最应该做的，是要彻底解构掉这个概念——“80后”——早就该进垃圾桶了！一个真正的诗歌世代必须通过那些孤独的个体来铭刻（比如陶渊明和李白的时代，比如维吉尔和但丁的时代）。“80后”只不过是历史大幕中的一个背景，它必将黯淡无光，失败得无地自容，但真正的诗歌——再强调一遍——内蕴了丰富的历史和自我的诗歌，会得永生！

2011年9月13日于北京

2011年9月15日再改

# 辑三

# 80后是失败的一代吗?
## ——答《南方都市报》

“大量的80后都在文化行业，但我们在这一块没有做出应该做出的成绩。”在人民大学对面的茶室见到杨庆祥，他显得比实际年纪还要年轻一点。新书《80后，怎么办？》刚由北京十月文艺出版社出版，对一代人做文化社会学考察，对杨庆祥来说是超出专业领域的工作。他做得不错。



《80后，怎么办？》的初稿文章写于2011年至2012年。2013年《天涯》第6期发表了它的删节版，题目改为《希望我们可以找到那条路》。由于受到北岛、李陀的赞赏，文章旋即又以原标题在《今天》2013年秋季号上全文刊出。

这次发表引来了知识界的关注。阎连科说：“我在香港科技大学读到杨庆祥的《80后，怎么办》，非常激动，就像毛泽东那一代人读到《中国农民调查报告》一样。”杨庆祥把80后定义为“失败的一代”，历史虚无主义、虚假的抵抗、小资产阶级之梦是这一代人的关键词，包括阎连科、钱理群在内的诸多学者、作家以及普通读者纷纷撰文回应。因为反响颇为热烈，《今天》杂志社与人民大学文艺思潮研究所联合召开专题讨论会，《研讨纪要》发表于《今天》103期。

然而，“理性的东西特别容易在自己的逻辑里打圈，我特别警惕这一点。”杨庆祥说。作为一位文化研究学者，他意识到在自己的理论框架之外，可能还存在着不同的思想情态、生存方式。早在2006年，杨庆祥就曾有在东莞做社会调查和农民工同住3个月的经历。2014年4月，他再次来到东莞，采访农民工、私企老板、国企员工，从不同层面抽取有代表性的“80后”普通青年样本。五个真实细致的访谈，为理论增加了生活的热度。

很明显，这是一本直言和冒犯之书，早在《今天》刊发时就已引起一些质疑和争论。杨庆祥说：“我没有想为我们这一代人代言。”这些调查和写作只是他理解80后这一代人的方式。就像阎连科建议的那样，这本书“你可以看完骂它，撕掉它，但你一定要知道它在说什么。” 它反思的是一个时代。



## “幸存的一代”？“失败的一代”？

**南都：**在我看来，《80后，怎么办？》这本书是由一位“80后”的批评家、学者对“80后”群体做的一次文化社会学的考察。你最近在新书发布会上说“80后”是失败的一代，为什么这么讲？

**杨庆祥：**我这本书写了将近四年，有很多想法。我有一次课堂上说起“80后”的时候，把“80后”叫作“幸存的一代”。当时我是在讲莫言的小说《蛙》，讲到计划生育。我们这一代是最早受到计划生育这个国策影响的，这意味着我们的出生本来就是一个偶然的选择。当时的强制打胎是非常残酷的，我亲身经历过很多这些事情。莫言写的都是真实的，如果哪家的孩子不打掉，就用拖拉机把那家人的房子一拉，房子就倒了。我小舅舅为了生一个儿子在外面躲藏了三四年之久，在农村这叫“躲计划生育”。每个村有很多这种情况的人，一到过年，村干部就到处抓，因为农村的习俗是过年要回家嘛。从计划生育或者出生的角度看，我把“80后”叫作“幸存的一代”。

阎连科老师也提到一个说法，我觉得很有意思。他说，和“50后”“60后”“70后”相比，“80后”这一代人是第一代接受过完整的学校教育的人，幼儿园、小学、初中、高中、大学、硕士、博士。

所以他们的知识储备和知识视野是非常开阔和完整的，这是个优点。但同时，由于他们接受过完整的学校教育，在某种意义上他们也被规训得最厉害。

到了2015年，“80后”最大的三十五岁，最年轻的也有二十六岁，我觉得目前看来这是“失败的一代”。这样说是有历史前提的。本来，无论是从我们的社会规划，还是从我们父辈的规划，还是从我们个人的自我规划来看，大家都以为“80后”会是叛逆、独立，能够创造出新文化和新社会的一代。2004年左右，韩寒、春树登上亚洲周刊，国外也是这么期待我们的。我们认为长大就要成为科学家、文学家，最基本的也要做到“五讲四美三热爱”，我们这一代理想主义的东西还是有很多的。但是我们一到成年，进入社会，就立即全面溃败。相对于我们以前的规划而言，我们没有完成。所以我这里说的失败，并非指的是世俗意义上的“不成功”，而指的是思想文化上没有提供新的异质性的东西。我希望这个失败是暂时的。我写这本书，就是希望大家重新思考这个问题。张悦然有一句话特别真诚，她说我们应该重新出发。春树以前也被视为叛逆和独立的代表，她跟我不熟，但她在网上看了这本书的一部分，非常激动，给我发了很长时间微信。她说这本书非常及时，她这几年一直处在迷茫之中，不知道下一步该怎么走。她说迫不及待地想读到这本书，找到对话的方式，然后重新出发，重新去面对这个世界。



**南都：**这种“失败”的状态，应该也有外在的因由，不仅仅是“80后”自身造成的？

**杨庆祥：**是的，这是一个综合的结果，是内外交困造成的。“80后”目前基本上处于一个身心俱疲的阶段。这一代人对中国的社会转型没有做好充分的准备，不仅是“80后”没有做好准备，“50后”“60后”也没有做好准备。但他们的不同在于，他们在社会转型之前已经占有了一部分资源，所以过得相对轻松一些。“80后”恰恰在这个过程中完全处于一个不利的位置，同时也没有找到有效的方式去应对。

从教育的角度看，“80后”的视野和精神空间是非常开阔的，但从物质的角度看，给这一代人的空间是非常狭窄的。这之间形成了巨大的对比和压抑。一方面你知道一个人应该过有尊严的生活，另一方面你又不得不蜗居在各大城市里。这是巨大的落差。相对前辈来说，这是完全不同的。前辈一直在吃苦，他们觉得生活就应该是这样。而我们认为生活不应该是这样，我们却在这样生活。

中国社会巨大的贫富分化和阶级分化是最近十年的事。“50后”吃的苦比我们多多了，但是当时大家都在吃苦，没有谁过得特别好。但现在不是。一个富二代、官二代和一个普通青年的对比太明显了。痛苦是因为对比产生的，当然思考也是因为这种社会的巨大撕裂而产生的。



**南都：**最近热播的《小时代》，基本上就是在围绕富二代叙事。为什么描写豪门子弟的文学能吸引那么多读者和观众？

**杨庆祥：**在郭敬明的《小时代》系列里，至少有一个富二代的潜在模式。几个主角里肯定有一到两个是出身豪门。在《小时代1》里，开个宝马都不算什么。他们都是在校学生，如果看一下他们的社交方式，那基本上是豪门式的社交方式，开各种party，这在普通大学生或普通青年的生活里是没有的。

中国这三十年的价值观已经发生了偏离。绝大部分人认为成功就是权贵式的成功，有钱，有权利，占有巨大的社会资源，而不认为成功是一个人在一定程度上完成了自己。比如一个写作者写出好的小说，一个手艺人做出一件好的作品，这也是一种成功。但现在我们的社会上，一种成功在不停地挤压另一种成功的空间。因为每一个人都不断地寻求社会认同，所以每个人都往权贵式的成功上靠。

**南都：**所以郭敬明其实是主流价值观的代表。

**杨庆祥：**正因为郭敬明代表了大部分人的价值观，所以他才有那么高的票房。郭敬明和韩寒就是一体两面，他们两个是一样的人。我倒是不太愿意过多地谈论韩寒和郭敬明。当然绕不开他们，但他们其实和我处在完全不同的阶层。他们的逻辑和我也完全不一样。他们完全沉浸在马太效应里乐此不疲，他们在这一方面成功了，又可以把这个成功转移到另一方面，在那里面获得更多的利润。包括韩寒、郭敬明去拍电影，这是非常糟糕的文化生产方式。因为他在那个领域里是完全无知的，但是中国的文化现在糟糕就在这个地方，只要在某个领域成功，那就可以通吃，这叫“粉丝经济”。而真正有志于这个领域并且非常懂行的人的空间却越来越小。



## 应该在文化上有所作为

**南都：**这本书里谈到了“80后”的“小资产阶级化”，请解释下“小资产阶级”这个概念？

**杨庆祥：**我们现在很少从阶级的层面去分析问题，因为我们更乐意讲普遍人性。有个财经作者吴晓波，他说中国已经是一个有阶级的社会，我同意他的观点。其实大家都了解这一点，可无论是官方的意识形态，还是媒体，都不愿意去触碰这个话题，不愿意从政治经济学的角度去分析“阶级”，个中原因不明。

但现在已经是阶级非常明显的社会。从政治经济学的角度，我把我们这一代人定义为“小资产阶级”。什么是“小资产阶级”呢？经济上大概自足，但是也就只能自足。所以到了三十五岁、四十岁的时候，你会发现这种经济上的自足非常危险，因为你只能满足自己的需要。到了一定的年龄，你发现上有老人，下有小孩，你有很多责任要承担，而你的经济其实是非常困窘的。有人说“80后”是中坚阶层，但我认为是中而不坚。因此导致了“80后”的压抑。

政治和经济两块的资源非常集中，不会随便让人去占领的，那是有高压线的。唯一可以自主的是文化。不仅仅是“80后”，更年轻的一代人，更有抵抗力的一代人，其实应该在文化上有所作为，哪怕是在最严酷的环境里。你看拉丁美洲、19世纪的俄罗斯，环境多严酷，但他们创造出了特别伟大的文化，有抵抗的文化。马尔克斯、波拉尼奥，俄罗斯的那一批伟大的作家就更不用说了。其实“80后”或更年轻的一代人本来可以在这一块有所作为的。大量的“80后”都在文化行业，现在“80后”是各大媒体主要的从业者，但是我们在这一块没有做出应该做出的成绩。其实我们应该争取文化上的自主权或文化上更多的发言权，创造更多的话语空间。

**南都：**现在的话语空间都属于公共知识分子。



**杨庆祥：**对，公知里面也没有太多“80后”的声音，除了韩寒曾被塑造出来一段时间。

落实到很具体的一点，更年轻的一代人没有拍出好电影，没有写出好小说，连这个都做不到。写好小说没人去管你吧，但真正特别优秀的作品还没有写出来。歌德写《少年维特的烦恼》才二十多岁，中国“五四”那一代人，巴金写《家》的时候也才二十多岁。80后一代现在都快四十岁了。当时新概念最早出来的那一批人很多都已经不写作了，一窝蜂地服从于现实的成功的规则，商业的逻辑。一言以蔽之，很多人都变成了商人。因为中国现在整个就是商业逻辑，大家都疯了一样地去挣钱。

**南都：**但是“80后”可能还是有一批自觉严肃的写作者，只是还没有浮出水面。

**杨庆祥：**当然，所以我说失败是暂时的。但是也可能就这样湮灭了。

**南都：**你本人是一位文学批评家，在你看到的“80后”或“85后”的作家那里，有没有让人耳目一新的东西？

**杨庆祥：**耳目一新的东西当然也有一些，但特别少，“80后”当初横空出世时候的那种质地，那种特别新鲜的生命体验，越来越少。

这也是让我特别失望的，从青春期特别叛逆的书写里，没有形成一种更开阔的、异质性的文化，而是迅速被同化，变得像一帮老帮菜。有创造性的、与众不同的东西太少了。

## 我能否发现一种新的工人阶级意识？

**南都：**写完这本书前半部分之后为什么还要补充做一系列采访？

**杨庆祥：**因为我这本书前半部分都是理性分析，而理性的东西很容易在自己的逻辑里打圈圈，我特别警惕这一点。我在这里自说自话，好像论证起来特别严密，但可能有更特殊的情态、情绪、生存方式，不在我的视野和理论框架之内。套用歌德那句话："理论是灰色的，生命之树常青。"生命在不同的地区、文化和阶层里是特别鲜活的。我想做一些个案的对话和采访，展示一个多声部的东西。

这本书后面列了五个访谈。后来他们说，第五个访谈和整个书的基调特别不协调。因为前面的访谈都很压抑，受访者都对目前的生存状态不是很满意。第五个访谈的对象恰恰是个国企员工，生活一直很顺利，他现在还信仰共产主义，他觉得活得非常幸福，世界非常美好。我采访到他的时候其实蛮兴奋的，居然有人这么想。如果所有人都很苦，那也没意思了。这恰恰说明了80后非常丰富，他肯定也代表了一部分人的想法。

**南都：**在访谈里有没有让你印象特别深刻的事？有没有超出你理论框架之外的发现？

**杨庆祥：**印象深刻的事很多，其中有一个东莞的私企老板，他现在已经是"成功人士"了，有工厂，有电商公司，员工三四十个人。我对他的经历特别吃惊。以前他在东莞打工的时候，经常被东莞的治安队各种羞辱，羞辱的目的就是为了从他身上敲诈一点钱。所以他说，他特别感谢孙志刚事件，如果没有孙志刚事件，这种惨案还会持续发生。让我震惊的是，我的同代人里面还有人受到过这样多的侮辱和损害。如果放在我身上，我会觉得特别愤怒。但是他平静地接受一切，最后他变成了一个小小的成功者。

当他成为成功人士之后，他依然认为自己是一个失败的弱势群体。这就是中国社会结构的问题，他现在已经是老板了，为什么还是认为自己是弱势群体？因为生意越来越大，他要去跟各种部门打交道，在这个过程里，他觉得自己是弱势群体。他跟工人打交道的时候，他也觉得自己是弱势群体。我们都认为一个小老板就可以掌控工人了，但工人也不听话，不上进，你还得给他交各种保险，从他的角度看，他觉得老板是弱势的。如果不交保险，工商部门就要查他罚他。



**南都：**你提到东莞的打工工人，为什么要去采访他们？你在那里看到了什么？他们的生活是怎么样的？

**杨庆祥：**我有两次去东莞的经验。一次是2006年，一次是2014年。2006年去的时候，我住在我朋友那里，他是个农民工，我的吃住和日常生活都跟他一模一样。他的工资也很少，当时几百块，还经常被克扣，所以经常断粮。他去买一大瓶辣椒酱，焖点米饭，我俩就着辣椒酱吃米饭。吃一次十块钱一份的快餐就觉得是加餐了。他上工我就跟他一块去工厂。他们做的劳动都是很简单的工作，比如搬运、分拣，东莞很多工厂是家庭小作坊式的。下了工就在网吧、迪厅里瞎逛。

我感觉他们的生活状况非常糟糕，虽然现在已有所改善。睡大通铺，吃的很简单，没有固定的休息时间，没有基本的劳动保护。我印象特别深的是，一个做手工艺品的工厂，工人很多，手工艺品切割陶瓷，到处都是灰尘，但没有一个工人戴口罩，粉尘全部吸进肺里去。我当时问老板，老板说，他们不需要口罩啊，叫他们戴他们不愿意戴。他们没有基本的劳动保护意识，因为他们都挣扎在最基本的生存线上，觉得有工资发就可以了，没有想更多。

所以我后来追问自己，为什么要去做东莞工人的采访？我这本书里有一章是专门写东莞农民工的，叫《沉默的复数》，我想在这些工人里，我能否发现一种新的工人阶级，一种新的主体性。当然，很遗憾我没有找到。

## 我没想为这一代人代言

**南都：**你对“80后”做了广泛的抽样调查，也做了细致的访谈。有没有询问过“50后”或“60后”，他们怎么看“80后”这一代？

**杨庆祥：**我没有询问过“50后”“60后”对“80后”的意见，但我在这本书里讨论过他们。“50后”，不管是被动还是主动，他们都参与了大历史，所以他们有强烈的历史参与意识。“80后”基本上是“50后”的儿子，父辈和我们的关系是非常微妙的。

但我并不特别赞同这样去划分代际。在整个的代际划分里，从“50后”到“90后”，只有80后是真的有自己的文化内涵，可以拿来做充分讨论的代际。如果去考证“代际”在中国的社会学起源，是因为先有了“80后”，才往前推，有了“70后”“60后”“50后”，往后推有了“90后”和“00后”。从社会学角度看，“80后”是一个最有原创力的代际，同时它也携带了最丰富的社会学、历史学和文化学的含义。其他的代际当然也有，但没有“80后”如此的典型，和改革开放、全球资本化、计划生育如此紧密地结合在一起。比如，独生子女，在这几个代际里，“80后”是最典型的。



**南都：**现在有个奇怪的现象，虽然政府开放了二孩政策，但是很多“80后”不愿意生第二个孩子。

**杨庆祥：**我也不愿意生。这里面有非常现实的考虑，甚至有点政治经济学原因。我养孩子很有可能再一次成为被剥削者，我为什么要生这么多孩子出来让别人剥削呢？为什么突然放宽二孩政策，因为人口红利没有了，劳动力不足，卖不出房子。所以又要生一批人出来去做工人，然后去创造财富。但财富去了哪里呢？

**南都：**这本书的前半部分最早在《今天》发表之后，也有一些争议，有的人问你凭什么代表“80后”？你怎么弥合个体的“80后”和整体的“80后”的关系？

**杨庆祥：**的确，很多人说你能不能代表“80后”？你凭什么给我们这一代人代言？你的个人经验和判断能不能代表这个群体？

我的回答是，我没有想为我们这一代人代言，我只是想从我个人的角度，结合这样一个社会现实状况来做陈述，实际上是我理解这一代人的方式。当然，任何一个人文社会学科都必须在我和我们之间做个勾连，这就是这本书写作的难度，怎样把这两者勾连起来，这之间的关系应该是非常内在的，而不是硬拉上去的。



**南都：**你在书里提到了1980年的“潘晓讨论”，当时的论题是“人生的路为什么越走越窄？”《80后，怎么办》出版之后，你是否也希望引发类似争论？

**杨庆祥：**这本书出来之后，很多人看了说，其实不仅是“80后”怎么办，“70后”“60后”都面临怎么办的问题。我希望通过这个问题的提出，有很多人会跟进讨论。能否讨论起来，在于是否有更多的媒体和更多的人参与。

当年潘晓讨论只是一封三千多字的读者来信，它借助《中国青年》杂志这个平台，信发出去之后，仅仅读者来信就有几千封。《中国青年》的增订量飙升，当时讨论很热烈，很多知识分子介入，普通人也介入。当时有一个普遍的“前文革”的历史环境，大家对于人文这一块特别热情，他们觉得，应该去追求人生的意义，人生应该有一个远景、一个规划。当潘晓问“人生的路为什么越走越窄？”的时候，其实有一个前提，就是人生的路应该是有意义的，有精神追求的，而不仅仅是被物质困扰。今天“80后怎么办”这个话题已经置于不同的历史语境中，我们可能已经放弃了某些基本的价值尺度，所以能否讨论开来还是个未知数。

# 中国当下是最有可能出伟大作品的时代

杨庆祥是“80后”批评家中成名最早的，成就也是最高的青年评论家，同时，也是“80后”批评家中最活跃的批评家。他不仅从事小说批评、诗歌评论、文学史研究，同时还从事诗歌写作，只是批评家之名太盛，盖过了诗人之名。



## 因为诗歌和批评，我才是特别的整体

**周明全（以下简称周）：** 庆祥兄，真不好意思，把你从研讨会现场叫出来，主要做“80后”批评家访谈已经访谈了六位批评家，却一直没有时间和你碰到一起。不少朋友都质问我了，说明全你做“80后”批评家访谈，怎么连“80后”批评家中最牛逼×的杨庆祥都没做啊？！可见写作圈对庆祥兄是多么关注。今天就耽误庆祥兄一下，随便聊聊。

庆祥兄十四岁开始写诗，十八岁出版第一部诗集，之后也一直进行诗歌创作，后来又选择文学批评为职业，这是从本科到研究生再到博士的读书惯性还是自己的选择?

**杨庆祥（以下简称杨）：** 谢谢明全兄，我也一直期待和你好好聊聊，所以这次特别邀请你过来参加阎连科的研讨会，也顺便一聚。

一方面我觉得情感表达需要特别感性，这是我热爱诗歌写作的原因；另一方面是我对知识、理性以及所谓的“最高真理”充满敬意。我写诗的同时，一直在追求某种终结性的东西。这种冲动，在我十一二岁的时候就开始萌发了。我整个高中时代没有途径去寻找这种东西，因为高中的教育完全是封闭式的，找不到，然后就特别的颓废，把自己主要的时间都放在了写诗上。上了大学以后，发现了图书馆——博尔赫斯说过：天堂就是图书馆的模样——我特别相信这句话。然后我遇到了哲学，并以为这就是通向真理的途径之一。在读硕士之前，我主要阅读历史、社会学和哲学，本科四年差不多把西方20世纪哲学主要著作都草草浏览了一遍。那时我觉得这样才可以真正认知世界、认知自我。做文学批评对我不是偶然，也不是读书的惯性，而是理解世界、理解他人的必要步骤。



**周：**庆祥兄你是安徽人，安徽是盛产评论家的地方，如李洁非、郜元宝、洪治纲等，“五四”时期的陈独秀、胡适被称为中国现代文学的“首义之人”，至今仍影响着人们研究文学的途径和方式。作为安徽人，庆祥兄是否与这种批评文脉有渊源。或者说，这些大师中，谁是你心里的偶像？

**杨：**我是一个偶像的反对者，任何人都不应该成为偶像。您提到的这个地域性很有意思，我读他们的东西不是特别多。但是我觉得这是一个文脉，是一个气场。安徽有这个气场，很重视人文教育，如果真的有某种影响，我想这是一种类似于“风水学”的神秘之物在起作用。

**周：**庆祥兄现在诗歌界是有名的诗人，在评论界也是大名鼎鼎的青年批评家，在诗人与文学批评家两者之间，你更看重哪一个称呼，为什么？

**杨：**也有很多人问过这个问题，就我来说，实际上不存在更看重哪一个的问题。诗歌我会觉得它更是一个私人化的东西，好像就是我的一个后花园，我通常会把自己最隐秘的情感通过那种方式来表达。批评呢，它可能更是一个公器，是我对这个世界的发言，诗歌是对我自己说话，是独语，我觉得这两者我每一个都需要。曾经有人问我这样会不会分裂啊？我说这怎么会分裂呢！恰恰是因为这两者都有，我才是特别的整体。如果真的只有一方面，我可能真的会分裂。批评是个很理性的东西，理性会带来某种伤害，我在诗歌里找到了另外一个平衡。其实我写诗要比写批评早得多，我2001年就在《诗歌月刊》（前身是《诗歌报》）发头条，并获得过全国探索诗大赛一等奖。

**周：**那庆祥兄什么时候开始发表文学批评？

**杨：**真正意义上发表文学批评文章是在2007年左右，开始是在《当代作家与评论》上发表过一篇《读者与新小说的发生》，李陀很喜欢那篇文章。但真正引起大家关注的是《南方文坛》上获奖的那篇《路遥的自我意识与写作姿态》。



**周：**张燕玲老师在去年5月的“80后批评家研讨会”上一直在赞赏你的为人，在《文艺报》上她又发表了《文学批评三人行》，对你也是大加赞赏。我认为“为人好”是对一个年轻批评家最大的肯定，单文章写得好的人不少，但走得远的人就很少。《南方文坛》这些年对你的扶持应该说还是很大的，你不仅在上面发表文章，还主持了一系列栏目。张燕玲老师执掌《南方文坛》二十多年了，她肯定觉得人品好比文学本身更具有内涵，更重要。庆祥兄能不能谈谈《南方文坛》，包括张燕玲老师对你在成长路上的一些支持。这些对我们“80后”这一代人来说还是很重要的。

**杨：**上次有位《北京日报》的记者也曾问过这个问题，他觉得“80后”批评家这两年的出场与前辈的支持很有关系。其实这么想也有道理，也对，只是这并不是什么特殊现象，其实每一代人都是这样的，都需要上一代的人给予你支持和帮助，这样你才能顺利的走上去。

张燕玲老师和《南方文坛》对我的帮助特别大。举个简单的例子，当时《路遥的自我意识与写作姿态》基本上就是我的第二篇文章，他们就给了颁发了“年度优秀论文奖”。我跟你说个细节，获奖消息出来后，我导师程光炜老师比我更激动，他给我打了电话，说告诉你一个好消息，你获得了《南方文坛》年度论文奖。我当时没概念，就想不就是获个奖嘛。程老师说，你错了，这对你很重要，是一个很好的机会，这样你一下子就进入批评界的视野了。我才意识到原来这个奖还挺重要的。张老师对我特别亲切，去桂林开会、颁奖，还特别安排我作为获奖代表发言，这个当时也非常少。当时张老师就说你最小，就你来发言，她整个考虑得都特别周到。后来很快就在它们的品牌栏目“今日批评家”中做我的专辑，当时我还在读博士，也是破例之举。然后又去参加第七届、第八届青年作家批评家论坛。所以张老师对我的帮助相当大。程老师当然就不用说了，程老师、张老师，还有李敬泽老师。李敬泽当时看了我的关于路遥的那篇文章，感叹说“这才是学院派批评”，当时他并不知道我是谁，后来有次在飞机上碰到了，他说，“庆祥，我以为你是个彪形大汉，看你文章的气势你应该是个彪形大汉，没想到你是这个样子”。



**周：**庆祥兄，我自己曾在一所大学的宣传部待了三年，年轻人在大学里面还是很辛苦的，那么，你在人大主要是承担哪些教学任务？辛苦吧。

**杨：**我刚留校时除了给本科生、研究生上课外，还兼职做本科生的班主任。人大的学术环境其实是非常宽松的，这一点我特别心怀感激。首先是科研考核任务比较轻，我们重质不重量；其次就是孙郁做院长以后，他是一个特别开明和自由的人，深具文人气质，他基本上把学校所有的杂事都挡住了，给我们一个充分自由的空间。除了经济上比较清贫，其他都很好，我跟学生相处得也很愉快。

在教学这一块，我和学生之间相互砥砺。我最近刚刚在人大开设了一个“联合文学课堂”，把北大、人大、清华、北师大这些高校对文学特别感兴趣又特别有灵气的研究生和本科生集中在一起，每一次课讨论一部新作品。第一期做的是蒋一谈的短篇小说集《透明》。第二期做的是徐则臣的长篇小说《耶路撒冷》。第三期做的是李敬泽的批评文集《致理想读者》。大家当面交流，有话直说，面对面的批评，现在这个活动反响也很好。

**周：**庆祥，程光炜老师是你的导师，现在又是你的同事，程老师肯定对你的影响也很大。能不能谈谈程老师对你在做人、做学问上的一些影响。

**杨：**这一点我在很多文章中谈到过，尤其是在《分裂的想象》的代序中，谈得很仔细。圈内人都了解，程老师和我的关系亲如父子，他基本上就是把我自己孩子一样看待，所以这种影响是全方位的。程老师为人太好了，他正直、坦率，学术上也相当严谨。我2004年开始跟他读研，后来读博，留校成为同事，在他身边已经十年了。刚进校的时候正好碰上他在做“重返80年代研究”，我全程参与了这一课题。我基本的学术训练就是在程老师的这个课堂上完成的，我当时是这个课堂的核心之一，其他人还有黄平、白亮、李云、李建周、张伟栋，以及后来的陈华积、杨晓帆、李雪等等。我们有一个qq群，群的名字是我取的：“程门立雪”。这很好地表达了我们对程老师的情感。



### 目前中国最有创造力的诗人仍然是“50后”“60后”

**周：**庆祥兄从写诗到现在同时从事诗歌批评、文学批评，快二十多年了吧。

**杨：**写诗是这样子的，我是十四岁开始写诗，十八岁出的第一本诗集。但是二十岁左右才写出一些今天看还有价值的诗歌。

**周：**从一个写作者和研究者的角度来看，这二十年中国诗歌发生了些什么变化？

**杨：**变化特别大的就是现在更注重个人的主体性，个人经验的表达，但同时也出现了对诗歌对历史、社会的回避。年轻的诗人更多地从个人的经验出发，但这种个人的经验没有和历史进行有效的沟通。所以从这个意义上说，我认为目前中国最有创造力的诗人仍然是“50后”“60后”这一批人，“70后”“80后”中有个别的写得不错的，但整体上还缺乏跟历史、跟真正的自我、真正的主体对话的能力。我去年编选《中国新诗百年大典》，当时总主编洪子诚和程光炜要求每个参编者提供一份从1920年代到1980年代的诗人名单，我只提供到1960年代出生的诗人，当时我的理由就是“70后”“80后”的作品现在还不能轻易“入典”。批评家当然可以批评他们、研究他们，但文学史不能随随便便把“70后”“80后”的诗人们置入经典的行列，这是不严肃的。后来是因为出版社考虑到整全性，还是坚持要编选，而且让我具体负责“80后”卷，整个编选的过程让我觉得很纠结。



**周：**我几次听到有人说你一直把诗歌看得比小说更高。但现实生活中小说的受关注度远远高于诗歌，多数主流的看法也觉得小说的成就高于诗歌。那么你怎么会有这样的提法？

**杨：**第一，这个是两个文类，分担的功能并不一样。考察中国小说的发生史和西方小说的发生史，会发现它们都是世俗生活发展到一定程度的产物，所以其社会影响力会更大。诗歌，尤其是从浪漫主义以来的现代诗歌，基本上是一个拒绝大多数人的艺术形式，它是内倾式的。至于我所说的诗歌在某种程度上比小说走得更远，是指在内在经验、精神层面的探索上。

我不知道你的感觉怎么样，这些年我读了大量的小说，发现内部的、精神的、内核的东西还是缺少，所以它没有办法特别感动人、打动人，引起共鸣。现在作家热衷于写官场、阴谋、日常生活之类的东西，人真正的内在自我是什么？你是否塑造出了这种具有自由呼吸精神的人？好的小说应该追求这些东西。这是一条窄道，诗歌相对而言深入得更远一些。

**周：**我看了你很多文章和访谈，你好像一直很看好民间的诗歌刊物。

**杨：**对，我特别看好民间诗歌刊物。民间的刊物它更包容，更有先锋的气质，这方面我是无条件地支持民刊。但现在民刊也有很多问题，太小圈子了，我是很反对这种小圈子化的。

**周：**这个其实你刚才也间接谈了一下，诗人和批评家，一个是需要激情的，一个是需要足够的理性的，你在作两者的时候不会有什么冲突吧？



**杨：**不会，没有任何冲突。你们有没有发现我现在有一些变化，以前我写评论文章，会特别讲究逻辑、结构，就是写得特别像论文，但是从两三年前开始，我认为这是有问题的，个人的主体性不够，文体意识不强。所以我现在写得更放得开，我会更强调文体、语言、感觉，这就是把诗歌的元素放到批评里面来，在论文中充分释放自己的想象力。你看我最近发表的一些文章，比如《小屋中的恐惧和救赎》《阅读路遥：经验和差异》《80后，怎么办？》等等，个人风格化的东西很多。

## 批评应该有向后看的功能

**周：**你跟黄平基本上都是跟着程老师做“重返80年代研究”而走上批评之路的，当然你也谈过很多，“重返80年代”对你的文学批评之路应该是有很重要的启示作用吧。

**杨：**这是肯定的。我以前在一篇文章中说过，批评应该有向后看的功能，应该是建立在历史研究的基础之上的。其实，你对整个文学史、整个文化史、整个当代史有一个非常成熟的或者是扎实的基础以后，你才可能有一个很好的批评眼光，去发现新的作品，这是一个源流的传承。“重返80年代”的研究，给我提供的就是这种历史感，它让我在看很多当下的现象、新的作品的时候有纵深感，那我就可以绕开很多现在批评界的伪问题。

**周：**你对当代文学的看法好像是很乐观的，这好像跟现在的主流不一样。前段贺绍俊在讲课，就说如果你现在在中国想要骂人的话就骂两样东西，一个是当代文学，一个就是足球。但与这种否定的态度不同，你是很肯定当代文学的。

**杨：**很坦率地说，这要看你从什么样的角度去看。比如你如果要求当代文学有伟大的经典，那一千年才出一个伟大的诗人，你怎么去要求？那你当然可以说不好，可以悲观。但我不是从这样一个角度，我更多的是从当下文学的生态，它的可能性出发。中国目前的这种情况是最有可能出现伟大的作品和伟大的作家的时代。这是我的一个基本判断。这是一个最有可能创造出伟大的哲学、文学的时代，因为中国提供了世界史的另外一种可能性，但是我们很多作家现在没有意识到这个问题，在这一点上我很担忧。如果我们意识到这个问题了，我们可能会有一些新的想法，可能会开辟出新的美学的可能性。这是我为什么对当代文学抱有期待的主要原因。



另外，作为一个青年批评家，如果我对当下那么悲观，那我怎么用我的力量来介入当下的一些写作，怎样跟我的同事以及接下来更年轻的这些人进行交流、合作，这是另外一个问题。

**周：**你之前说过当代文学不能用西方和古代的标准来作为评判的尺码，那应该是用什么样的尺码来评判当代文学作品？

**杨：**我很讨厌用一个西方的标准或者是古典的标准来衡量。比如动辄我们就说托尔斯泰，或者是《红楼梦》。我很怀疑，如果托尔斯泰是一位当代作家，他是否会成为经典？真正的评价标准是你的作品是否跟我们这个时代的精神和灵魂产生了呼应，产生了真正的互动，而不是假的互动。一个作家如果真正的反映了同时代的人精神上的困惑、迷茫，重新给我们开辟了新的想象的空间，那他可能成为一个经典，成为一个伟大的作家。我觉得这才是真正的衡量的标准。

**周：**早上孟繁华的那番话说得很真诚。我在云南也参加过很多研讨会，基本上都开成了完全的表扬会了。现在“70后”“80后”出来以后，确实有变化。你说我们有没有能力和可能创造一套当代文学自己的评判机制？

**杨：**我觉得可能性是有的，就看我们怎么去努力。“70后”“80后”的历史负担相对较小，可以更坦率、更客观、更理性。这几年我参加的活动也非常多，能明显地感觉到批评生态开始变好。



**周：**还有你说当代小说还不够“野”，你觉得好的作品一定要“野”，能提供足够的信息量，气势要宏大。李敬泽说过现在的小说越来越像小说，小说家现在好像没有野性，文本也没有那种野味。你认为这种局面要如何去改变？而且你认为当下有哪些作家和作品相对来说更具有你理解的“野性”？

**杨：**我在很多地方都讨论过这个问题，今天上午阎连科的会上我也谈到过。我们现在被一种伪中产阶级写作所束缚。这种伪中产阶级写作有一个很明显的特点，就是规矩，在审美、伦理、人物的塑造上都特别规矩，小情小趣，不会突破禁忌。我讲的这个“野”其实就是要求突破禁忌，审美的禁忌、伦理的禁忌。这种写作是种停滞的写作，就是在一个地方不走。那么真正要解决这个问题，就是作家真的要走动起来。就是要和历史和他人有真正的互动交流，要真正深入别人的内心。我特别欣赏和抱有期待的一个作家就是张承志。他是一直在走，真正的走。

**周：**但是张承志这几年好像没有作品出来啊？

**杨庆祥：**没有新作品出来没有关系，因为他有几个大作品在那里就没有问题了，他就是一个标杆。像他的《心灵史》一直在修改，2011年又修改了一个新的版本出来了。作家一定要动起来，让你的思想动起来，你的身体也动起来。如果停滞不动了，要打开一个新的格局就很难了。

## 要警惕作家写的批评文章

**周：**当下批评失语、批评失效一直是媒体的热门话题，你认为这个批评失语、失效了吗？



**杨：**没有啊！这个都是媒体起了很坏的作用，引导不好，很多时候是媒体在那里没事找事。有个记者前两天还说现在的“人情批评”怎么怎么样！我说什么叫“人情批评”！福斯特早就说过“友情比什么都重要”，但这并不影响他去客观地对待一个作家或作品，这是没有关系的。不要把这些都扯在一起，你自己坏了，然后你就觉得所有人都坏了。这是一种非常糟糕的思维。

**周：**还有就是媒体批评和学院批评，在描述上总是被对立起来，陈思和老师给我们《“80后”批评家文丛》写的总序，他就觉得学院批评也很好。你认为这两者会有冲突吗？我本人理解不会有任何冲突的，而且是很互补的东西。

**杨：**瑞典的一个文学批评家说“真正的理想批评，就是学者、教授去写随笔。”这就是互相的跨界嘛，这中间没有森严的壁垒。

**周：**前段时间我也跟何同彬聊了一下，他也觉得，他现在看批评更愿意看诗人写的诗评、作家写的批评文章，他觉得更有气，更有味道，更好。

**杨：**这个我要提出稍微不同的意见。现在有一个趋向，大家都觉得诗人的批评、作家的批评写得好，这也有问题。这些只是批评中的一个部分，批评也需要那种全景式的、知识性的、学理的批评，这是文学史的根基。当年法国最受欢迎的批评家是圣伯夫，他就是写这种批评，影响了法国批评界一百多年，像雨果、波德莱尔都非常尊敬他。中国人有时候就喜欢耍点小聪明，那种文章要么就是特别好，要么就是抖小机灵，所以对此要保持警惕。

**周：**在《现场的角力》一书中，你也一直在提文学批评，好的文学批评，你有不少文章都在谈。现在你能否再谈一下什么是好的文学批评？

**杨：**我们不要把文学批评看成是一个固定的形态，比如认为学院式的论文才是文学批评，不是。有可能我们两个现在的这种谈话，或者是我们跟作家间的一个交流，几句话，中国古代叫作“点评”嘛，都可以是文学批评。

**周：**金圣叹点评《水浒》，很牛啊。

**杨：**对呀，文学批评有多种形态，我觉得所有的这种形态，不管你是长篇累牍、十几万字的文章，还是片段式的点评，只要能够非常有效地与作家作品对话，能够再生产意义，那就是有效的批评，就是好的批评。

**周：**庆祥兄，现在一直在说批评家一定要承担一定的责任，批评家的责任、作家的责任，老是把这个挂在嘴边。你自己有没有在践行这种责任。

**杨：**为什么要谈这么多责任？好像作家、批评家就应该家事、国事、天下事，其实我觉得没必要，人性其实非常的丰富。如果你想负责任，那你就负责任；如果你不想负责任，那你就不负责任，这是民主啊。承担责任这种东西应该是由内向外生长的，你不能从外面强加，强迫别人负责任。“文化大革命”的时候，要求每一个人都成为英雄、每一个人都成为诗人、每一个人成为雷锋，结果呢？这是违背人性的。应该让人自己自愿地、主动地承担责任，这才是一个好的形态。

**周：**那你认为一个作家和一个批评家应该保持一种什么样的关系？

**杨：**情人，我讲过的嘛。可能就是这种关系。不要经常见面，但是都惦记着对方，看你最近写了什么东西，然后爱就爱，恨就恨，这样挺好。



**周：**我看过你有一篇文章，你说在一个批评家和一个稍微专业的读者之间，你更愿意做一个专业的读者，做读者也是很好的事情。而且在一次采访当中，你还提到在成为批评家之前，必须成为一个合格的读者。那么介绍一下对你影响最大的几本书、几本著作。

**杨：**想一想啊，那太多了，印象深的比如像马克思、伊格尔顿、柄谷行人、竹内好、布鲁姆等等，其实我读西方的东西会更多一点。

**周：**那么传统文论这块呢？

**杨：**传统文论这块我也读，但是对我刺激不会那么大，有时候想要把他们变成我的武器很难。

**周：**我跟你好像都相反了，至少这三四年我大多时间花在传统上，只是功底太浅，读了不少，但真正吸收的不多。

**杨：**对，我看你写阎连科的文章谈出世入世，都是和传统衔接的东西。

**周：**我基本上都是在传统里面找资源，因为我没有接受过系统的文学史训练，我学的是绘画专业。所以我后面就觉得如果从西方理论出发，恰恰是我的短板，另外，传统文论恰恰被忽视了，所以我有意识地选择这条路。

**杨：**这个路子其实在文学理论界在十几年前就在讨论，这是一个很好的路子，但是就看你怎么去走。

**周：**对，我的想法就是先从中国的传统文论入手，对中国的传统文化、文论有系统了解以后，再研究一下西方，然后在两者之间找到一个适合自己的途径。

## 没有感受力就不要作批评

**周：**庆祥兄，你好像说过你很讨厌别人称你为“80后”，就是关于代际划分的这种，你是怎么看的？



**杨：**我不是讨厌别人这么称呼，我是觉得这种划分把人的很多差异性抹平了，但是我在很多地方也使用这种划分，因为它已经是一个无法回避的概念了，包括我写的《“80后”怎么办》。我觉得这是一个现代性进程中的一个产物，就是这种代际的划分，没有办法去回避。

我为什么反感或者说不喜欢被频繁提到这个“80后”，是因为那些真正强有力的个人是框不住的，不是一个“50后”“60后”“70后”“80后”能够框住的，不是一个概念能够命名的。我对这个概念的拒绝，其实是对我自己的一个自我期许，就是我不应该是一个“80后”的批评家，甚至不应该说是中国的批评家，我应该有更广阔的视野。真正伟大的作家也是这样，我们现在不说李白是几〇年代的吧？我们也不说屈原是几〇后，因为他们已经从简单的时间历史中跳出来了。

最近我在《文艺报》主持专栏，有一期是讨论“70后”的，“70后”作家很反感别人说“你是‘70后’”之类的，我说没有办法，在没有出现一个非常重要的、强力的作家之前，“这一个”还没有出现之前，我们还只能说你是“70后”作家。当出现一个像鲁迅、像张承志这样的作家，我们就不会说他是几〇后几〇后了。

**周：**庆祥兄，你的书我最近反复在读，不是准备写综论嘛。你有篇文章说韩寒、郭敬明是市场文学生产机制的一种成功，而郑小琼这样的是传统文学生产机制的一种成功。“80后”作家尤其容易被这两种力量所左右，那你觉得这两种途径对作家的成长都不利？那什么样的途径对作家的成长会更有利一些？

**杨：**那个文章是我近十年前写的，这个问题在今天依然存在。对于更年轻的作家而言，你要么就被体制俘虏，写出比较中规中矩符合批评家要求的一些作品，我上次在沈阳的会上也批评过这个倾向。或者你被市场俘虏，写一些迎合读者趣味的东西。这两者背后的问题都是我们不能坚持真正的自我。其实，不管你是迎合市场也好，还是在体制内也好，关键的问题就是你是否能坚持真正的自我。我发现体制内的作家很容易被批评家引导，说写底层，就一窝蜂地去写，面向市场的作家就更容易被出版社、媒体引导。在我们这个时代，坚持自我实在太难了。



**周：**从2012年以后，有关“80后”批评家难冒头的说法出来后，很多杂志、出版社或者其他机构，都开始关注“80后”批评家的成长。你认为这些力量对“80后”的成长是有帮助还是有伤害的？我个人觉得，这些强势力量的介入，对“80后”批评家的成长肯定有帮助，但从这几年的状况看，拔苗助长的现象可能也是存在的。

**杨：**对，我觉得你说得非常好。其实我们要对这个保持足够的警惕。一个简单的比喻，我们在路边很难发现参天大树。为什么？因为有太多的人在这里看、摸、观摩、议论，往往是在很偏僻的树林里、原始森林里，树木都根深叶茂，因为它保持了自我。它在那里面默默地生长，坚持自己的生长方式。外力的过多干预会导致扭曲，会导致不正常的生长。所以这个里面是一个平衡的问题。批评家、作家的成长同样如此。

李敬泽讲过一句话我特别欣赏，他说："你问我什么是好作家？我不知道。好作品在哪儿？我也不知道。也许那个写出好作品的人现在还没开始写呢！可能还在哪个角落干别的事呢！"一切都需要时间和耐心。

**周：**对同代批评家你了解得也很多吧？你觉得这拨批评家，哪几位会更有实力一些？

**杨：**我认为目前他们都很有实力，这是发自内心的评价。所以你看每次开会一般我会把他们都请来。写作是一次长跑，天时地利人和，很多复杂的因素作用才能修成正果。比如再过十年，站在前面的可能就不是我们了，或者是别人，这个都有可能。所以，我不能说谁谁最好，因为这是一个特别需要耐心和时间的问题。我对同代批评家非常关注，我希望我的工作能与他们互动。



**周：**你这两年也做了大量的同时代的"80后"作家的一些研究，对这些人，你是怎么看的？

**杨：**整体上说，还是不够好，整体水平还是比较弱。我以前写过一些相关的评论，那都是建立在深思熟虑的基础上的。我现在就写得比较少了，比如最近《名作欣赏》要组一个"80后"作家研究专辑，我就没有参与。我不会非常轻易地给一个作家作品写评论，我需要反复的交流和长时间的观察。

**周：**最近一直在提倡重建文学批评的引领作用，你说，有没有必要从国家意识层面，从最高层来提这个重建，或者你一定要把文学批评抬高到一个什么地位，会不会适得其反？

**杨：**从某种意义上讲，任何的引领，都是需要警惕的，这是权力思维的外延。作为一个批评家，在这方面尤其要警惕，批评只能是对话，而不可能是引领。批评家的荣誉，来自于作家发自内心的尊敬，而不是你在那里挥棒子。你真正能够解决他作品的问题，你真正提出了他没有想到的问题。他才会发自内心真正尊敬你。

**周：**还有最后一个问题。你觉得作一个好的批评家应该具备什么样的素质？

**杨：**感受力最重要，首先就是感受力。没有感受力就不要来做批评家，这是最重要的。你的感受力，一是建立在大量的阅读基础上，二是你的心灵要对这个世界永远保持赤子之心。

（有删节）

# 文学生态与“深圳书写”
## ——杨庆祥香港专访

**袁园（以下简称袁）：** 庆祥兄，得知你这次受香港大学邀请，来港大做学术交流，并发表了题为《历史重建与历史叙事的困境》的演讲，非常高兴。作为一名青年学者、批评家，身处首都高校学术研究、教学的第一线，想必对于中国当代文学的最新发展动态和趋势一定有更深的思索和最前沿的体会。我想请您就深圳的文学发展状况谈谈看法和建议。



**杨庆祥（以下简称杨）：** 前几天我专程去了一趟深圳，一来是看看朋友，二来主要是想了解一下深圳这座城市的文化景观。在朋友的带领下，我参观了好几个深圳的文化场所和文化地标，例如市民广场的中心书城、图书馆、音乐厅、博物馆，以及华侨城OCT创意产业园区，那里举办的大量展览、艺术活动给我留下了很深的印象，比如人文类专业书店“旧天堂”，我在这里看到了很多最新出版的文学著作和社科著作，几乎与北京、上海的书店是同步的。另外，我知道深圳每年都有盛大的读书月活动，以及国家级的文博会。由于我自己一直以来都写诗，我还特别关注到深圳这些年聚集了很多的诗人，这些诗人不仅写作，同时也积极举办各种诗歌活动，比如创办杂志、搞诗剧场实验，以及文博会中将举行的“诗歌人间”等等，这些都是深圳这个城市给我的最直接的文学（文化）印象。

但是，如果用一个局外人的眼光以及文学研究者的意识来看，一定要挑刺的话，我个人对深圳这座城市在整个中国当代文化、当代文学地图中所处的位置并不满意。这么说是有原因的。虽然深圳不过是一座新城市，但在她短短三十年的历史中，曾一度参与了中国当代文化最先锋的变革，为中国当代文学的发展提供了最前沿的作品和阵地。例如，1986年9月刊发在《人民文学》上的头条就是深圳女作家刘西鸿的作品《你不可改变我》，一度轰动，刘西鸿因此与北京的刘索拉并称为“南刘北刘”。后来作家出版社出版了一套“文学新星丛书”，就有刘西鸿的一本，其他作家还包括阿城、莫言、马原、残雪、余华，现在看来这些人都成了当代文学的大家。可惜这样的势头没有保留，刘西鸿后来嫁到国外，很少有作品面世了。另外，1986年《深圳特区报》和安徽的《诗歌报》联合举办了“中国现代诗群体大展”是朦胧诗以后最重要的诗歌事件之一，为第三代诗歌的出场和经典化起到了巨大的推动作用，现在做“第三代诗歌”研究的，《深圳特区报》都是无法绕过的存在。进入新世纪后，曹征路在2004年发表的中篇小说《那儿》一度引发了关于底层文学和底层写作的广泛讨论，可以说也创造了一个文学事件。



但综观目前深圳文坛的现状，感觉是热闹的文学活动很多，例如各种形式的朗诵会、读书会、文学沙龙等等，这些活动对于文学的大众普及来说，应该是功不可没的，但是在中国当代文坛上，以一个文学批评者的眼光来看，我觉得还是有些遗憾，深圳的文学发展本应显现出的特质却并不明显。

**袁：** 这个地方，能不能详细谈一谈？比如，在你看来，深圳的作家所应该书写的深圳“特质”究竟是什么？深圳作家的根基何在？现在深圳的一些文化部门也是在大力提倡要建立“深圳学派”，在我看来“深圳学派”这个提法固然有各种牵涉到不同层面的考量，但不管怎么去具体阐释，有一点是非常清晰的，就是深圳的文化人，包括文化管理者、研究者、作家们可能普遍存在一种焦虑，一种“文化身份的焦虑”。从经济体量，以及在全国的经济版图来看，深圳已经拥有不可置疑的一席之地，经过城市发展史上经济结构的转型后，深圳从最早来料加工的“血汗工厂”已经成长为以高科技、新创意为价值核心的金融中心和科技中心，出现了诸如腾讯、华为、中兴、华大基因、比亚迪等等让深圳引以为傲的高科技企业品牌。相对而言，虽然经过近十来年以政府为主导的公共文化发展，深圳的文化氛围获得了极大提升，阅读率在全国也居高位，可以说以已经脱掉了“文化沙漠”的标签，但正如你所说的，深圳的文化“特质”一直没有得到充分强调和展现，这也就造成了文化身份确立的困难。

**杨：**对，你说的这个问题正是我下面想谈的。从文化地理学上来说，深圳不仅是深圳人的深圳，更是中国人的深圳。因此，深圳作家对于深圳的认识应该要自觉地超越地理学上的局限，应该有一种把深圳与中国当代史勾连起来的历史文化意识。从起源来看，深圳是作为一个国家的经济特区诞生的，是中国在1980年代政治经济转型的产物，这个发生学上的重要意义不可忽视。从这个角度来说，深圳的前史并不是小渔村，而是新中国成立以来的整个中国的当代史。正是因为国家在现代化发展道路上遭遇了需要进行转折的历史契机，所以才有了深圳作为“经济特区”的“试验田”诞生的可能。这个国家历史的转折点永远是谈论深圳之“发生”的起点。



只有在这个起点上来认识深圳，才能真正确立深圳在中国现代版图上的“历史地位”，这个历史地位不是北京、上海、广州等城市可以替代的。但有意思的是，如果按照城市的经济指标来排名的话，我们常常将北上广深进行并列，说明深圳经过几十年的高速发展之后已经获得了她应有的经济地位。但是，为什么在文化上面，深圳就一直没有确立她的“身份”呢？甚而在早期一度被称为“文化沙漠”。这里面有复杂的原因。一方面，我们可以说文化属于上层建筑，必然要落后于经济基础，只有当深圳的经济基础真正确立起来，出现了这个城市相对稳定的经济主体之后，才可能出现了与这个经济主体相对应的文化主体。从规律上说，这确实没错，比如刘西鸿的出现，最早的“青春写作”者郁秀的《花季雨季》红遍大江南北，以及曹征路《那儿》的出现、打工文学代表王十月、郑小琼的出现等等，都似乎证明了这一点，但同时还有两个问题值得注意。第一，我们对文化的理解长期以来过于狭窄，总是认为只有具有悠久历史的、贵族精英的文化才算文化，这首先在认识论上就有点画地为牢的意思，在缺乏文化自信的心态下总是难以让新文化的萌芽发展壮大；不过这个问题在新世纪以来已经有了很大的改观。从深圳大力推出“打工文学”概念，尽力扶植“打工文学”作者就可看出，对文化理解的新思路已经在进行“矫枉”的工作。第二，在“矫枉”的过程中，往往容易出现“过正”的问题，也就是说，对于“打工文学”过于热衷地追捧、造势以及相关的批评阐释，容易造成一种误解，以为深圳除了“打工文学”就别无其他。这显然不符合事实。实际上，以“打工文学”为深圳文学的代表或者“标签”，无论如何也无法囊括和阐释深圳这座城市中极为复杂的文化事实。它既与这座城市中的文学创作现状不符，也与生活在这座城市中的人的多样性和复杂性不符，更与深圳这座城市在当代中国历史上所承担的责任和重要性不符。这恐怕也正是深圳的文化管理者要费心打造“深圳学派”建立深圳文化主体性的初衷吧。



以我的观察和理解来看，在深圳的文化内涵中，其实关联着很多层面。其一，当然是“打工文学”和“底层叙事”所关注的群体，也就是底层的工人阶级，在深圳大部分是农民工，由于政治的考量，也有称作“外来青工”的。这部分群体，不同于大工业时代的工人，不同于夏衍笔下的《包身工》，他们是产生在中国当代复杂历史情境中的群体。这个群体勾连起来的主题可能是生产线、外来资本、背井离乡、劳资关系等等一系列新的生产关系和社会关系，以及这其中产生的情感需求或情感匮乏。这个群体的生活状态和生命感受确实是深圳高速发展的经济成就背后的故事，也是整个中国经济起飞、两位数的GDP增长率背后的承担和付出，绝对是值得我们深圳的作家们大力书写的部分。其二，正因为深圳的城市经济结构转型，技术密集型、资本密集型企业的大批建立势必会吸引来大量的受过高等教育的人才，这些从全国各地飞往深圳的“孔雀”，往往就此在深圳安家、扎根了，这部分群体也就构成了深圳的中产阶级白领，包括银行职员、证券公司的金融精英、政府工作的公务员、IT企业的技术人员、设计公司的设计师、文化广告公司的创意人员，这些在深圳生活的中产阶级白领大部分都是外来移民，这种带有各自不同地域文化背景的人群组成了新的文化生态，他们的精神状态是什么？他们对这座城市的主体性、认同感、归宿感是如何建立的？都是值得书写的题材。其三，除了底层、中间层之外，深圳还盛产一个“阶级”，那就是新中国成立后现代性转型过程当中产生的财富新贵。他们的合法性建立在改革开放后对私有财产的尊重和保护上，因而这类人就有点类似巴尔扎克笔下的资产阶级，可是在中国当代文学中产生了这样的典型人物吗？可以说，这类群体复杂的人性还没有进入小说家们的视野，即使有类似题材，也是非常类型化的商场小说、官场小说或阴谋小说，塑造的人物因为文体的类型化而十分单一，不足以成为当代文学史当中的经典。



可以说，在这三个方面，深圳的写作者们都大有可为。深圳一直以来都勇于做非常先锋的探索和尝试，诗剧、绘画、戏剧、诗歌以及深港双年展，可以说都创造了非常好的文化氛围，我相信再多点时间，深圳一定能讲出自己的独特故事。

**袁：**深圳市政府近年来为了弥补文学创作领域，尤其是小说创作的疲软，制定了引进知名作家来深驻地创作的计划，其中邓一光是最为显著和成功的代表。那么，你认为关于深圳的故事究竟应该由谁来讲？这样一个“深圳故事”究竟具有什么样的文化意义？内容应该包括什么？

**杨：**你提到的邓一光的写作最近也引起了我很大的兴趣，并进行了特别关注，他从2009年移居深圳后，创作了一系列以深圳为对象的短篇小说，其中《深圳在北纬22° 27'-22° 52'》获得第二届《人民文学》中短篇小说奖(2011年度)短篇小说年度奖，《万象城不知道钱的命运》获《中国作家》年度文学奖。这些关于深圳的短篇小说不仅展现了邓一光作为小说家丰沛的创作活力，而且对于整个当代中国文坛来说，也提供了新鲜的创作题材、视角和经验。在我看来，深圳通过有选择地引进知名作家进驻深圳，提供相应的生活条件和创作条件，让他们在这里生活，以在场的方式充分感受深圳这座城市的鲜活气息，从而激荡出一种新的创作特质，无论对于深圳还是当代中国文坛而言，这都是颇有收获的一种文化实践。不过，就深圳在全国城市的经济地位和历史意义而言，我们理应对它有更大的期待。也就是你说的，我们应该思考，“深圳故事”对于当代中国而言，具有怎样的文化意义？我在想，既然深圳的意义不仅仅是深圳这座城市的，更是整个当代中国的。那么在“中国梦”的大背景下，我们是不是也可以思考一个“深圳梦”的构型。在一个基本上是靠移民组建起来的城市里，每一个离开故土，漂泊在这块南中国土地上的“移民”都是更为严格意义上的“现代人”，这么说不仅仅因为深圳这个地方意味着最为急剧的现代化现场，更因为它是一个与“父母在不远游”这种传统的、古典中国文化价值悖反的经验场所。因而这些携带着各种人生“梦想”来到深圳的人群，他们的故事也就是深圳的故事，他们在深圳的遭遇就是最为细微层面的、具象的“现代性”体验，也正是中国的现代性体验的根基。



所以深圳完全不用自卑于自己年轻的历史，反而应该以此为自己的优势和特色，并进而以此树立起自己在中国现代化版图中的节点性地位。在这个化焦虑为优势的过程中，我们是不是可以尝试构建一个关于深圳的“双城记”或者“多城记”。譬如关于上海的故事我们已经讲得很多了，在传统/现代的框架当中我们有“北京/上海”的双城记，而在现代性的殖民经验上，我们又有“上海/香港”的双城记，通过这样一种指认他者的方式，上海更好地确立了他在中国近现代历史转型节点上的城市地位和历史意义，确立了这座城市在近现代史上独有的气质。不用说上海，即便是巴黎，这个浪漫之都也是由好莱坞建立起来的对他者的想象，而这个想象、这个关于“浪漫爱情”的故事一旦被接受，于是就成为了历史本身，乃至成为影响未来的现实。

以此观之，关于深圳实在有太多的话题、题材和细部经验值得我们去进行创作实践。深圳作家目光一定要放长远，不要将写作局限在官场、商场、阴谋小说上，期望能早日出现全景式地反映“深圳梦”的作品。

**袁：**嗯，你说的这种全景式的反映“深圳梦”的作品有点类似19世纪经典现实主义小说的概念。但这里的问题是：中国现实的复杂性似乎给我们的写作者带来很大的挑战，这个挑战我觉得很大程度来源于写作主体的身份暧昧，当然这个话题或许就比较大了，可能跟你这次来港大谈论的历史性写作的难度也有关。比如针对中国当代三个一线作家的三部作品，你批评王安忆的《天香》在对晚明历史风物细致无遗的勾勒中，体现的是一种“历史景观主义”的写作策略，批评贾平凹的《古炉》用一种孩子的口吻来旁观历史，是一种“历史逃避主义”，而批评阎连科的《四书》则是隐藏在绝妙《圣经》仿写笔触背后的“历史形式主义”，在你的分析中，这几位中国当代一线作家的写作通过不同的策略，共同构成了一种集体的对历史的逃避。我认为这种文学现象本身就是一件别有意味的文化研究的课题，在这种文化现象背后，或许构成了某种当代中国文化的时代症候，因为对历史的理解往往意味着我们如何理解现实，那么这些一线作家在进行某种历史意识后撤的时候，是不是意味着我们对现实概括的无力？与之构成互文关系的，或许还有曾一度讨论激烈的“底层叙事”问题，正如很多研究者、批评者所指出的，当新世纪的知识分子试图“代表”底层发言的时候，我们往往看到的是一种对底层群体生活描写的“奇观化”“猎奇化”。这些现象的出现一方面自然地从反面印证了中国现实的复杂光谱，另一方面是不是也意味着新世纪中国主体性的暧昧不明？

**杨：**自1980年代以降，中国大陆的思想界文化界有一种严重的历史虚无主义倾向，这种倾向也自然延伸并影响到文学界。从1980年代末的所谓“新历史主义写作”开始，当代写作就在这种虚无主义里面兜圈子，至今也没能完全突围出来。我在一些评论文章中将此称之为“90年代的意识形态”。我这次在港大的演讲，正是从这个角度出发，讨论《天香》《古炉》和《四书》等作品中所透露出来的历史观念。历史的景观化、去成人化和寓言化是这些作品非常典型的“病象”。在这一点上，我对它们是持一定的保留态度的。但是在另外一方面，近年来非常集中的历史写作潮流也暗示了一种倾向：因为现实的巨大的变化，我们对历史的态度也开始位移。这就是本雅明所谓的“历史唯物主义”：只有从当下出发，才可能回到历史，并呈现历史真正的肌理。当代写作最大的困境不仅仅在于我们对现实概括的无力，也表现在我们对于“现实”这一概念的非常固化的认知。“现实”被指认为是一种碎片化的个人日常生活，而无视了“现实”背后的整体性和历史理性。因此，如何在这个时代进行全景化的历史书写，是一个巨大的挑战。当然，“全景化”仅仅是一种指向，它或许永远都无法达到。



**袁：**就邓一光先生在深圳创作的这些短篇小说来看，深圳引进作家来进行驻地创作，似乎还是取得了不错的成绩。关于深圳的文学发展，你也认为不仅仅是鼓励本土作家进行文学创作，还应该让全国、全球的作家来写深圳。但这种从外引进的方法会不会很容易造成水土不服？比如，我的一个同事，曾经是格非的粉丝，他觉得格非在去北京清华大学任教之后，创作的作品就没有了以前的那种韵味，深感遗憾。你认为对于深圳来说，引进作家来进行创作的话，有什么需要注意的地方？

**杨：**你说的这个是深圳的文学发展生态的培养问题。深圳的本土作家在全国有影响的其实并不少，像杨争光、盛可以、曹征路、薛忆沩、王小妮、徐敬亚、南翔、吴君、谢宏等等，这串名单拉出来并不短，但是，为什么深圳总感觉自己缺乏知名的文学创作者呢？一方面，一些作家在成名之后移居到诸如北京这样的全国文化中心，例如盛可以；或者因为生活状况的改变移居到国外，比如前面提到的80年代的刘西鸿，以及你刚才提到的薛忆沩，他们分别移居到法国和加拿大。深圳这座城市的高度流动性使得我们很难像传统那样去定义这个地域的文学发展成就，但其实也正是这种高度流动的状态给这座城市提供了不断填补新鲜血液的可能。所以，另一方面，深圳在城市发展的想象中应该具有更开阔的视野和更多的自信，并且拿出更多实际的文化政策来进行辅助。比如，更加爱惜扎根在深圳的本土作家，通过设定常态化的规则和程序，为其中的杰出者到北京开办作家研讨会；又或者举办年度性、权威性的文学大赛，让全国和全球的作家都来写深圳，并做好一系列相应的出版工作。这些事情细致地做下个五年、十年，成绩也就蔚为壮观了。



不过需要注意的是，这种外来他者的眼光很容易就会流向一种将深圳进行“奇观化”的写作方式。这种例子其实并不少见，例如黄锦树就曾批评张悦然的《逝鸟》有一种将马来、南洋奇观化的倾向，并没有深入南洋文化精神的内核。可以想见，这种情况很有可能出现在以深圳为对象的写作中。能否在写作中看到作家的在地感，能否在关于深圳的创作中让我们看到全国，乃至全球的某种新的文化特质和精神状况，这是我们需要保持的清醒的地方。

**袁**：嗯，你说的奇观化写作确实是我们这个时代文学创作的一个通病，包括很多一线作家也都在这个奇观的层面进行文字的炫技，在精神和思想的层面却基本上停留在一个停滞徘徊的状态。同样是从文学生态方面来讲的话，你认为当代中国文坛最缺的是什么？

**杨**：我认为对于深圳，乃至对于当代中国来说，最大的问题就是共识的问题。我们现在最不缺的就是对阴谋的揭露、对暴力的揭露，也就是一些书写黑暗的东西。在西方的现代转型过程中，除了波德莱尔式的“恶”的书写，还有一套健康的文化书写系统在起防御作用，例如蒙田、爱默生这一类作家。一旦我们建立起了一个完整的、健康的文化生态，那写不写暴力、是不是奇观化写作都不重要，因为我们还有另外的写作路径对我们的现实表达进行弥补。应该讲，所有伟大作品中都没有邪恶的人性，莎士比亚戏剧中有邪恶的人吗？《悲惨世界》里面有邪恶的人吗？卡尔维诺曾说过：“写作不是简单的呈现现实，而是在现实上面加一个玻璃罩。”也就是说，需要通过写作对现实进行一种美学上的处理。我认为，在严肃的文学创作中，那种如电影镜头一样的“直接暴力美学”是值得反思的，从某种意义上讲这是一种写作上的“爬行主义”。对于每个置身于现代化洪流中的个人来说，所经历的暴力、阴谋实在太多，人们急需的应是温情、健康的、充满人性之复杂立体面向的小说。就我个人而言，我会把创作分为三个层面：一是直接地、停留在故事层面的现实书写；二是创造出了某种审美意味的文学创作；三则是具有历史意识并能反映普遍人性的文学创作。我认为我们现在极为缺乏第二和第三个层面的创作。



**袁**：对，其实仅仅就中国现代和当代文坛的比较而论，我们都会感觉现代文坛要更为丰富一些。例如在现代文坛上，不仅京派作家和海派作家形成鲜明的性格对比，我们还有鲁迅、茅盾、巴金，也有周作人、沈从文、废名这样独成一格的大家。不仅有“鸳鸯蝴蝶派”这样的通俗文学，还有“新感觉派”的先锋们的充满现代气息的文学创作尝试……似乎那个年代的文坛呈现的面貌更为丰富多彩、炫目迷人，而进入当代后，这种气息在80年代被称为“新时期”的文坛曾有过昙花一现的复苏，但进入90年代，在市场经济带来的消费主义的新价值观成型后，当代文坛几乎就是长久的疲软和萎靡。我们常说“一个时代有一个时代的文学”，以中国为例，秦汉是赋，盛唐是诗，接下来是宋词元曲明清小说；在西方，“小说”同样是在资本主义市场环境之下，与大众传播媒介印刷术的盛行紧密相关的。进入20世纪，电影作为一种大众传播形式，逐渐取代了小说，那么在这样的社会历史阶段，是不是电影比小说更适合表现复杂的现实？

**杨**：是的，对于中国来说，情况确实是比较复杂。中国百年的近现代史是一段多种意识形态轮番上阵，相互交织、层叠、彼此挤压的历史。可以说，几乎每一个年代都是变态，而不是常态。相对于西方的资本主义现代化过程来说，中国在现代化过程中，每一个阶段的主体都没有足够的耐心来完成其自我，就又开始遭遇下一波的冲击。

关于小说的现代使命问题，确实很多人都探讨过。很多批评家都承认小说的黄金时代已过去。在电影出现后，本雅明也曾为电影欢呼，认为电影是更有力量的艺术表达形式。虽然就时代来说，小说已经退至边缘，电影成为这个时代的主流文化形态，但是我在这里想提醒大家的是，尽管诗歌在唐朝达到鼎盛之后就开始边缘化，但是诗歌的存在和发展不是一直延续到今天吗？今天我们不是还有很多人在写诗吗？同样对于小说来说，它因为使用的是高度抽象化的文字语言，对于人性复杂的呈现和刻画，对历史认识的建构将决定它具有不可替代的位置。在我看来，好的小说家需要通过他的小说能够提出新观点、展现新视角、提供新可能。当然，这是从精英的严肃文学的角度提出的最高要求。对于文化生产来说，我们当然要允许对市场的不同需求进行分层满足，比如说知音体、中产叙事、类型小说，它们并非是泾渭分明的，恰好是，它们的共存会构成一个比较丰满的时代文学的图景。



**袁**：是的，其实在欧美那些成熟的市场体系之下，既有高度发达的类型文学市场以及相关奖项，同时也有代表时代最佳创作水准的严肃文学奖项。抛开诺贝尔这样最具影响力的国际性文学奖项不说，法国的龚古尔奖、美国的普利策奖、英国的布克奖都代表着其国家或语言的文学创作高度，并且广受关注和读者认同。这些获奖书籍往往能带动很高的销售量。但是在中国，无论是鲁迅文学奖还是茅盾文学奖，似乎引起的关注度并不高。你认为这里的主要原因是什么？这个问题是否和文学评论者的责任有关？

**杨：** 你说的这个问题确实很重要，但这里的原因也有些复杂，牵涉的因素比较多。应该说，欧美国家已经进入到一个非常成熟的市场运作体系了，不仅作家们对自己的定位非常清晰，而且各个奖项也有非常明确的要求和侧重。而中国的情况是，首先作家的自我定位有很多还处于徘徊的不清晰阶段，很容易受书商的影响；其次，文学批评家在中国的体制和人际关系环境下还不够独立，在这个文化圈中，批评家和作家往往都是经常见面的朋友，这就造成了文学批评的公信度常常会被读者打上疑问。而没有了好的文学批评来做引导，那么读者就更无所谓读什么不读什么了，基本上就是靠自己偏好的题材、语言口味去自己选择；再次，媒体在宣传方面也常常对严肃的文学奖项抱着某种敌视态度，有种将其污名化倾向。以我自己而论，作为一名文学批评者，我觉得真正有效的批评应该同时在几个向度展开。好的批评应该有一种历史感，应该有“向后看”的意识，没有这种“向后看”，批评就容易沦为“时评”，当下就容易被“膨胀”，批评从本质上讲就是一种遴选，而遴选，如果缺乏历史的标准，就很难沙里淘金。同时，好的批评也应该“向前看”，不仅在历史坐标中将位置找好，而且应该通过种种的比较、衡量、区隔，指出新的美学原则和新的写作的可能性。在这个意义上，好的批评应该内涵三维的空间：过去的、现在的和未来的，这是一种批评的“共时性”原则，没有这个原则，批评就会变得浅薄、轻飘，批评就无法完成其遴选和建构的使命。文学批评者应该有这种责任感。

## 一

我是2004年考入程光炜先生门下的，这是我学术之路的开端。说起来这里还有一个小掌故，我在读本科的时候，有一次读到程光炜先生的诗歌随笔集《雨中听枫》，很是喜欢。其时年少轻狂，很冒失地就给程老师写了一封信，具体内容我已经全然不记得，大概就是文学青年的种种怀才不遇、希望得到指点之类的东西。后来果真成了程门弟子，这大概也是一种机缘。

另外一个重要的机缘就是，从2005年开始，程老师在人大开设“重返80年代研究”的课程，形式是学期初分配好研究任务，然后在课堂上宣读研究论文，再进行集中讨论。当时我还没有“资格”承担相关选题，仅仅是随堂参与讨论。不过当时我的热情很高，每次讨论都喜欢“大放厥词”，甚至对程老师和博士师兄们的论文吹毛求疵。我还记得有一次讨论选题，程老师列出一些题目后征求大家的意见，我鸡蛋里挑骨头，说选题里面没有农村题材的小说，是因为程老师趣味太“知识分子化”了，程老师听后立即加上《陈奂生上城》。现在想来，正是这种宽容、平等甚至有些呵护的学术氛围激发了我最初的学术热情。

学术入门的方式方法大概会因人而异、各个不同，但是会有一些最基本的法则在那里。在我看来，这些基本的法则首先是对材料的收集、整理、甄别、归纳，其次是借助一定的理论把这些材料重新装置、分配、知识化，最后是在材料和理论的合理配置中提出自己的一些观点和看法。而这一切都必须有一个前提，那就是有一个比较合适的、明确的、边界清晰的研究对象。对于初学者来说尤其如此，我们知道，就文科研究而言，海量的文献和理论往往让人如泥牛入海，有力无处使，最后筋疲力尽而一无所获。80年代文学研究正好给我提供了这样一个“实验品”，程老师已经为这个“样品”划出了初步的雏形，我的任务就是通过这个“样品”，把自己占有的资料和理论进行激活和对接。那个时候我经常做的事情就是就某一个选题进行大量的资料查找和阅读，并不断搜索重组自己以前的阅读库存，最后形成一些看法在课堂上与同门们进行讨论甚至辩论。这种方式从2005年开始，到我2009年博士毕业，前后长达五年时间，我正是在这个过程中慢慢有了一些学术上的自觉意识。



作为一个热爱诗歌写作的文学青年，在此过程中还面临一个问题，那就是学术研究对于个人趣味和情感的规训。我记得程老师在介绍我的一篇文章中也提到这一点，他其时很担心我不能从一个诗人的身份转换为研究者。这一点我倒是没有特别觉得有冲突，好像是很自然就发生了。现在回想一下，其实我是有些准备的：其一是我在本科阶段就对理论知识非常着迷，半懂不懂地看了很多理论书籍；其二是我一直对历史有高度的敏感。这两者奠定了我的理性基础。在最初的研究和论文写作中，我把这种理性发挥到了苛刻的地步，用我的博士论文后记中的一句话来说就是，“完全把自我排斥在写作之外”。我以为对于初学者而言，这是必要的，只有把“自我”排斥出去，用史料、逻辑、问题来说话，才能真正进入研究的状态。当然学术研究还有更高的状态——比如在研究中放置自我，凸显个人主体意识——但如果没有前面的一步，就不可能达到后面的一步。这是一个不断循环并提高的过程。

对于一个成熟的学科来说，其研究对象往往是比较稳定的——也就是那些经典的作家作品，这一点在古代文学和现代文学学科里是共识。但是对于中国当代文学来说，情况就比较复杂，什么是经典？什么是非经典？我记得王晓明教授曾经说过，再过一百年，也许中国现代文学就只能留下一个鲁迅了。这种说法固然有些极端，但从侧面可以看出一种“经典焦虑症”。我个人没有那么强烈的经典情结，“经典”对于我来说，往往更意味着是一种“先见”“规训”和“制度”。从这个意义上讲，“经典”具有负面的意义，它的意义生产是“自动”“封闭”的，因此，我的研究更青睐那些被边缘化的、在文学史书写之外的或者遭到冷落的作家作品。

这么说并非就是毫无标准，没有界限，比如现代文学界曾经流行研究一些非常冷僻的作家，并将其文学史意义夸大，我觉得这是有问题的。在我的研究中，受关注程度较高的基本上是那些“社会化程度”很高的作家作品，也就是说，这些作品曾经被深深地卷入到历史的建构中去，又因为某些原因遭到历史的排斥和拒绝。柯云路的《新星》、遇罗锦的《一个冬天的童话》都属于此类作品，这些作品见证了中国当代史的复杂和诡异，对它们的阅读、接受和传播，构成了中国人日常生活的一部分。这种具有症候性的作家作品，正好符合了我对于文学史的期待：一部文学史，并非简单的作家作品史，它必须同时也是一部社会史、思想史，也是特定族群的精神史。其实说到这里我才意识到，“作品”这个概念，需要进行历史化的区隔，它不能仅仅是一个新批评意义上的概念：即单个作家独创性的劳动成果。它应该包含它的背景、传统、社会面向和认识论框架——进一步说，它应该指称生产了其结构的所有社会历史。



这里面涉及一种历史观念，我在一篇文章中曾提到要 “在‘大历史’中建构文学史”。

我觉得这里面有两点值得注意：第一，“大历史”指的是一种宏观的历史研究方式，比如黄仁宇的《中国大历史》、唐德刚的《晚清七十年》等；第二，在“新左派”的语义谱系中，“大历史”更指的是一种意识形态的、有点卢卡奇的“总体性”之类的内涵，也就是要求从政治经济学的视野去理解全部的社会结构和精神生产，并把这些置于一种“关系”中。我觉得无论是宏观的研究方式还是意识形态的总体性观瞻，这其中都暗含了一种“共时性”的视角，不仅仅把历史理解为一种“历时性”的时间连续体——这是现代时间观对历史研究的本质性影响——而是把历史理解为一个“共时性”的原点，并释放这一“原点”所容纳、凝聚的内容。也正是在这一点上，“大历史”研究往往会借助年代学的形式，比如《万历十五年》、比如霍布斯鲍姆的《极端的年代》系列。年代实际上就是大历史的一个横断面，年代学研究的好处是，历史的遗址往往在此非常集中，富有张力和戏剧性，而这些，都是建构历史的必要元素。

我们目前的很多历史研究，也包括文学史研究，往往只是有一个表面的宏观理论框架，而缺乏更富有肌理的内容把这个框架支撑起来，所以对于“大历史”研究，必须警惕以下倾向：第一是把“大历史”理解为一种简单的“时段”延长，比如把“五四文学”向前推进到晚清，把“文革文学”的起源追溯到30年代的左翼文学等等；第二是把“大历史”研究理解为一种泛政治化的理论印证，通过对历史细节的拼接重构政治美学的地图。当然这本来是“大历史”研究的题中之意，但是我坚持认为有一种更为谨慎的处理方式，这关涉到我对大历史的理解：大历史是一部芜杂的精神生产史，尊重这种芜杂，与剔除这种芜杂同样重要。



## 二

如果从学术研究的自觉性来说，对路遥的关注可能构成了我的一个“起点”。不过有意思的是，我对路遥的阅读相对来说是很晚的，在本科阶段，我阅读的当代作家作品主要集中在80年代的新潮作家。当时长江文艺出版社出版了一套“跨世纪文丛”，包括莫言、余华、王安忆等作家都收录其中，大概有二十多本，我都兴趣盎然地读完了。其中余华给我的印象最为深刻，我觉得他的作品非常机智，举重若轻，有一段时间我成了“余华迷”，把能找到的他的全部作品（包括散文随笔）都看完了。

回到路遥上来，大概是博一的时候，一个很偶然的机会，我看到了吴天明导演、周里京主演的电影《人生》，我被感动得热泪盈眶。这么说或许显得有些矫情，但却是事实，也许是我“文学青年”的敏感被电影的气氛所触动，但是作为一个“80后”，为一部早已经“过时”，只能在老电影网站上下载得到的影片感动，怎么说都有点让人奇怪。一方面出于这种“感动”，另外一方面又对这种“感动”深表怀疑，于是我对路遥产生了兴趣。正好当时程老师问我有何研究计划，我于是说我要重新解读路遥的《人生》，程老师立即表示非常有意义，我记得他说了一句话：高加林可是我们那个时代的“偶像”。

从余华到路遥，就我个人而言，是一次美学上的“逆转”，我在某种新潮的，往往是以西方现代经典作品为标准的美学谱系之外发现了另外一种可能，他修正了我单一的文学想象。我研究路遥的动机——确实是想把我的“感动”和“赞美”表达出来——但实际上，在我的第一篇文章《路遥的自我意识和写作姿态》中，我试图用一种更加客观、谨慎和历史化的方式来处理这个作家，我甚至站在了我个人情感的对立面，认为路遥秉持的写作伦理和美学原则已经缺乏“生产性”。

这看来有些矛盾。所谓“历史的同情”究竟可以到何种程度呢？一个事实是，对于更多的研究者来说，历史都是“非亲历”的，那么如何构建这种研究的历史感呢？我对路遥的阅读和研究可能具有某种症候性：我可以理解路遥的历史和写作，他的观念和逻辑，但是，这种理解并不能代表完全的认同（实际上有很多的路遥研究者都在这里混淆了），更不能将这种理解放大为一种道德的热情。也就是说，对历史的同情和理解有一个边界，这个边界在我这里，就是知识和逻辑，这种知识和逻辑形成了一个结构性的存在，它把我个人的情感和经验进行有效的处理，然后与我无法“亲历”的历史进行对话。



虽然我是“80后”生人，但我对“80后写作”关注得比较晚，一直到2004年我才开始陆续读一些“80后”作家的作品。这里面有几个动因：第一是，作为一个读者，我对我的同龄人的写作有那么一点好奇，尤其是当这种写作被媒体包装得非常光鲜动人的时候；第二，作为一个研究者，我觉得我需要了解文学在当下的迁延，我其时以为能从“80后写作”中看出一些端倪；第三，我和一些“80后”的作家、诗人有一些交往和交流，他们以真诚的友谊鼓励我对他们的写作进行观察。

说起来很惭愧，到目前为止，我关于“80后写作”的研究只有不多的几篇论文和一些零散的讨论、对话。对研究来说，这些东西分量太轻了。我的师妹杨晓帆曾提出过对“80后”写作进行一种“总体史视野中的症候式阅读”，这是一个非常迷人的研究方式，我曾经有一篇解读张悦然的文章《孤独的社会学和病理学》，试图从社会学的视野去探究作品中孤独的根源，并引入台湾作家胡淑雯、日本作家青山七惠的作品予以互文呈现，其目的也是为了规避“时评”式的和“文化研究式”的方法，试图呈现一个更复杂和更有历史感的“80后写作”现象。不过遗憾的是，由于研究对象和我自身的局限，这一点并没有落实得很好。

无论是“80年代文学”还是“80后写作”，都是历史生成自我的一种形式，因此，它们之间并非是一个简单的“新旧”“断裂”的关系，恰好是，任何一种写作都包含了它的“前史”。因此，如果说我关于“80后写作”的思考中有80年代的历史幽灵，那也是因为它本身就已经蕴含了这些。至于“80后写作”所处的历史坐标，我和金理、黄平曾经做过一个《“80后写作”与“中国梦”》的三人谈，这个标题让人看起来好像“80后写作”承担了一个“承前启后”的功能，正处在历史坐标的重要位置。实际上我觉得我们不应该夸大这种位置，相对于前面几代人，“80后”并无任何“优先权”，它所处的历史坐标不应该被预设，恰好是，它必须通过有效的写作为自己构建确实的历史坐标，否则它将会像历史上曾经出现过的众多的“流行文学”一样，消失在历史的深渊无声无息。



从目前来看，我的研究中一直有一个隐秘的线索，就是所谓的历史主体问题，这与我个人经验密切相关。就我个人而言，我一直觉得我们这一代最大的问题在于历史感的阙失。我经常在我的同龄人以及更年轻的（比如“90后”的大学生）青年人言行中发现那种轻佻的、貌似机智但实际极其无知的思考方式和行为方式，而且我注意到，这些言行看起来好像是必然如此的一种表达，这说明历史虚无主义和某种浅薄的存在主义已经在这一代人身上内在化了。

出现这种情况的原因大概有很多，作为一个文学研究者，我把这种焦虑投射到文学叙事和主体重构的思考之中，于是就出现了“强历史——去历史——虚假主体”的线索。但是我觉得需要警惕的是，不能夸大文学叙事的功能，如果我们把历史虚无主义完全归结于一种“叙事学”上的“建构”，可能犯了某种“新左派”的幼稚病——历史并非是完全依靠叙述来推进的。也就是说，如果要考究历史虚无主义在我们身上的病源，可能更要从社会的结构、资本的迁徙和增值甚至更现实的经济和阶层的分化等角度进入，它要求的是一种真正总体意义上的政治经济学视野。

从这个意义上说，把主体重构的任务交付于文学，实际上可能是另外的一种“虚无主义”或者说历史的妄想症。如果真实可信的“主体”没有通过“抵抗”完成对政治经济结构的重整，这种“主体”就不可能在文学中被“呈现”。柄谷行人曾经提到现代公民社会的建构，认为如果不冲破

“资本制——民族——国家”三位一体的圆环就无法完成，这一描述同样适合于现代主体的生成。

但是文学书写依然是重要的，其重要性在于，通过不断的持续的书写把支离破碎的历史缝合为一个“想象的共同体”，在这个“共同体”中，个人与历史能够发生有效的关系，或者说，个人通过阅读加入到历史中去，然后完成现实性的（而非想象性的）成长。在这个意义上，文学与历史、主体是互为生产性的，这种生产性是一切优秀文学的“硬核”，无论是文学写作还是文学研究，都只有在这个意义上，才能完成对“历史虚无主义”的扬弃。